SABINE M. GRUBER

Kurzparkzone

Grafische Gestaltung: Dorothea Löcker, Wien
Umschlagabbildung: © Getty Images/Flickr
Druck und Verarbeitung:
Druckerei Theiss GmbH, St. Stefan im Lavanttal
ISBN 978-3-85452-666-7

Informationen über das aktuelle Programm
des Picus Verlags und Veranstaltungen unter
www.picus.at

SABINE M. GRUBER

Kurz park zone

ERZÄHLUNGEN

PICUS VERLAG WIEN

Für meine Mutter

Inhalt

9 bis 10 Uhr,
Helga

Sie hat sich verspäten wollen, nur zwei oder drei Minuten verspäten, um nicht die Entscheidung über den Tisch treffen zu müssen, an dem sie sitzen würden; denn ihre, Helgas, Wahl hätte etwas über sie verraten können, alles eigentlich; viel lieber hätte sie also die Entscheidung ihm überlassen, das Café nach ihm betreten, sich zielsicher umgesehen, sich selbstbewusst auf ihn zubewegt, sie wäre im Vorteil gewesen.

Sie weiß, wen sie treffen wird, er hingegen hat keine Ahnung, wer oder was ihn hier erwartet.

Halb blindes Date.

Stattdessen ist Helga zu früh, weil sich, für sie unerwartet, direkt vor dem Café ein Parkplatz gefunden hat, etwas zu groß für ihr sehr kleines Auto. Sie nimmt ein Bündel Parkscheine aus der Vertiefung, der Rinne, die so etwas wie ein Handschuhfach andeuten soll: rot für eine halbe Stunde, blau für eine ganze, grün für eine und eine halbe, sie muss sich entscheiden; die Farbe des Parkscheins könnte etwas über ihre möglichen Erwartungen aussagen; und was, wenn er gar nicht kommt? Sie schwankt zwischen rot und blau. Blau: sie entscheidet sich für blau. Sie kreuzt Datum und Uhrzeit an, Monat und Jahr, flüchtig; vermeidet, als sie sich vorbeugt, um den Parkschein hinter die Windschutzscheibe zu legen, ihrem Gesicht im Rückspiegel zu begegnen, schummelt sich daran vorbei. Sie könnte im Auto warten, aber was, wenn er sie doch wiedererkennt (unwahrscheinlich, doch nicht auszuschließen); das Auto würde etwas über sie verraten, die Größe oder vielmehr Kleinheit, die Marke, das Baujahr, und vor allem: Schon die Tatsache, dass sie im Auto warten würde, hätte eine Bedeutung.

Sie steigt aus und zerrt den braunen Rock nach unten; er wirkt kürzer, als er ist, elastisch wandert er automatisch nach oben, über ihre nackten Beine, langsam, unaufhaltsam; vielleicht hätte ich doch eine ganz dünne Strumpfhose anziehen sollen, 10 DEN; oder einen längeren Rock; oder überhaupt Jeans; blaue Jeans und weißes T-Shirt wären am besten gewesen, ganz neutral; am Ende denkt er noch, ich will etwas von ihm. Sie zieht an der Tür. Vielleicht ist er schon vor mir da, hofft sie den Bruchteil einer Sekunde lang, hält inne, in dem engen Windfang vor der eigentlichen Eingangstür, ehe sie sich gegen die zweite Tür drückt. Das Café ist um diese Tageszeit nicht besonders voll, nicht in dieser Jahreszeit, die meisten Leute sitzen im Schanigarten, der Innenraum bleibt trotzdem unübersichtlich. Die Universität für Angewandte Kunst wirft ihre Schatten auf die andere Seite der Ringstraße: Im Café Prückel kann sich jeder Besucher als Künstler fühlen oder als Intellektueller oder beides, wenn er es möchte. Ein Raum, hoch wie eine Bahnhofshalle; Zweiersofas und Fauteuils in Stumpfgrün und Tische mit Resopaloberfläche, alle niedrig, alle die runden Holzbeine schön gespreizt; dazu Steh- und Wandlampen mit durchlöcherten Metallschirmen. Fehlen noch robuste, sperrige Zimmerpflanzen als Raumteiler; Aralien, Gummibäume, Sansevierien. Rundum Spiegel, Helga hasst Spiegel.

Es war der Sänger gewesen, der vorschlug, sich im Café Prückel zu treffen. Vor einer Woche läutete Helgas Mobiltelefon, vielmehr schnarrte es, im Standard-Mobiltelefonton; schon die Tatsache, dass es schnarrte, war erstaunlich, es kam nicht oft vor, dass jemand Helga anrief. Die Nummer, die auf dem Display aufschien, war ihr unbekannt. Der Klang seiner Stimme traf sie vollkommen unvorbereitet und löste ein heftiges Pochen in ihrem Hals aus, das in ihrem ganzen Körper widerhallte. *Hier spricht der Sänger mit der Zigarette …* Des Fotos wegen rief er an, das sie von ihm gemacht hatte, vielmehr: geschossen; ein Schnappschuss war es, nach einem Liederabend, in einem schlecht beleuchteten Gang hinter einer Bühne. Sie stand dort, inmitten einer Gruppe anderer Konzertbesucher, nervös, unschlüssig, ob sie sich ihm tatsächlich nähern sollte; in einer Hand hielt sie das Programmheft und ihre Füllfeder, in der anderen den praktischen herkömmlichen Fotoapparat, den sie immer bei sich trug; die Konzertkarte hatte sie von ihrer Freundin Aurelia geschenkt bekommen: *Lass Gabriel von mir grüßen, ich hab ihn ewig nicht gesehen.* Der Sänger schien in ein Gespräch mit einer jungen Dame vertieft, die ihm eine Zigarette anbot. Und während er sie nahm, zum Mund führte, anzündete, zückte Helga, ohne im geringsten nachzudenken, ihren Fotoapparat, ferngesteuert; exakt in dem Augenblick, als der Sänger den ersten Zug nahm, vollkommen entspannt, den Kopf leicht in den Nacken gelegt, sich in eine grauweiße Wolke hüllend (eine Nach-dem-Sex-Szene schießt ihr durch den Kopf), drückte sie ab. Als es blitzte, drehte er den Kopf, langsam, genüsslich. *Darf niemand sehen, einen Sänger, der raucht!*, rief er in Helgas Richtung, ein wenig ernst, *aber*, fügte er sogleich hinzu, grinsend, *das könnte ein tolles Foto von mir sein – schicken Sie's mir doch, wenn's gut geworden ist!* Röte stieg auf (ja, von wo eigentlich, wo wird dieses Rot erzeugt, gemischt?), breitete sich aus, vom Hals bis zum Haaransatz, und legte sich genau über die Möglichkeit, ein Autogramm auf das Programmheft schreiben zu lassen und die Grüße von Aurelia pflichtgemäß auszurichten.

An diesem Morgen nun, zu Beginn eines verrückt heißen Sommers, trägt Helga ihr blondes Haar kurz, frisch geschnitten. Gleich beim Eingang des Cafés bleibt sie stehen, sieht sich um, zieht an ihrem Rock, automatisch; das Lokal macht ein L, und der Eingang liegt genau im Schnittpunkt; wenn sie schon zu früh ist und nicht neutral angezogen, will sie zumindest einen neutralen Tisch aussuchen; nicht in der Mittelreihe, zu exponiert, nicht auf einem Zweiersofa, zu intim, nicht auf dem Stuhl neben einem solchen, zu nebenbei, nicht gegenüber dem Eingang, zu lauernd, nicht in einer Nische, zu sehr Separée, nicht an der Wand, zu aufgefädelt, nicht neben der Kuchenvitrine, zu viel Unruhe, ja nicht vor einem Spiegel! Gegenüber, nebeneinander, ums Eck, alles nicht neutral, überall wimmelt es von möglichen Bedeutungen. Helga geht die Schenkel des L ab; sie blickt um sich, wägt ab, unentschlossen. Dabei klopft ihr Herz heftig in den Ohren: Könnte er schon hier sein und im Schanigarten vor dem Café sitzen; nein, zu laut und zu öffentlich. Schließlich wählt Helga ein Zweiersofa schräg gegenüber dem Haupteingang, gegenüber der Tür zum Schanigarten, in der Nähe des Zeitungstischs, an der Wand, vor einem Spiegel; sie stellt ihre Tasche ab und setzt sich; steht gleich wieder auf, unglücklich mit ihrer Wahl. Sie wühlt auf dem Zeitungs- und Zeitschriftentisch; etwas Neutrales sucht sie, etwas, das ihm nichts, aber auch gar nichts über sie erzählen kann; das sie in keine Schublade steckt. Konservativ. Boulevard. International. Intellektuell. Platt. Weiblich. Klatschsüchtig. Keine Zeitung ist neutral, keine Zeitschrift unbelastet, alles Schubladen, zutreffend oder noch schlimmer: nicht zutreffend. Ein Buch. Helga hat ein Buch in ihrer Tasche, ein ebenso gutes wie unbekanntes Buch, nichtssagend, nichts über sie selbst sagend. Sie setzt sich wieder auf das unglücklich gewählte Sofa und beginnt zu lesen, nicht wirklich zu lesen, denn aus mindestens einem Augenwinkel beobachtet sie beide Türen. Sie zieht ihren Rock nach unten, so weit es geht; die grünen Sofabezüge hat sie nicht bedacht, das Grün ihres Jäckchens, das sie gestern gekauft hat, schlägt es sich nicht mit dem Sofa?; ist es nicht zu auffällig?; ausziehen kann sie es nicht, denn sie trägt nur einen BH darunter, einen dunkelbraunen, passend zum Rock und zu den flachen Schuhen. Frauen, die flache braune Schuhe tragen, können keine erotischen Absichten hegen, unmöglich; ein warmer Luftzug trifft ihre nackten Beine; sie könnte im Strumpfgeschäft nebenan noch eine Strumpfhose kaufen und auf der Toilette des Cafés anziehen. Sie wünschen, gnä' Frau? Einmal Melange, kommt sofort. (Wenigstens Getränke gibt es, die neutral sind, obwohl, wer weiß.) Was dazu, Gnädigste?

Es war Helgas erster Liederabend gewesen; Helga

mochte Musik, ja, aber Lieder? Sie ging nur dieses eine Mal hin, nur ihrer Freundin zuliebe, die ein Abonnement für einen Lieder-Zyklus besaß, seit Jahren schon; wenn sie verhindert war, suchte sie jemanden, der ihren Platz einnahm: Einen leeren Sitz kann man Künstlern nicht zumuten, pflegte sie zu sagen, und in diesem Fall schien es ihr besonders wichtig zu sein, dass ihr Platz nicht leer blieb. Am Saaleingang kaufte Helga ein Programmheft, setzte sich auf Aurelias Platz in der fünften Reihe, links, Nummer 6, und schlitterte ahnungslos und dünnhäutig in eine Welt, aus der kein Weg zurück führte. Es war ein Abend mit Liedern von Robert Schumann nach Gedichten von Heinrich Heine, so viel konnte sie noch im Programmheft lesen, ehe der Sänger mit dem Pianisten die Bühne betrat, vielmehr auf der Bühne: erschien.

Der Sänger erscheint in der Tür des Cafés, in der Haupteingangstür, an der L-Schnittstelle. Es ist genau drei nach neun. Er bleibt stehen, nimmt die Sonnenbrille ab, mit einem Ruck, steckt das Ende eines Bügels in den Mund und verschafft sich einen Überblick. Jetzt ist der richtige Zeitpunkt, sich bemerkbar zu machen. Helga hebt den Kopf, vorsichtig, in seine Richtung. Er sieht an ihr vorbei. Sie will die Hand heben, doch die Hand will nicht gehoben werden, bleischwer bleibt sie auf dem Sofa liegen. Der Sänger geht nach rechts, verschwindet aus ihrem Blickfeld.

Morgens steh ich auf und frage: Kommt feins Liebchen heut. In Bruchteilen von Sekunden tauchte Helga in das erste Heine-Lied, in Bruchteilen von Sekunden; versank in die Stimme, die in sie eindrang, die mühelos, ungehindert, barrierefrei ihr Innerstes erreichte, es mit feinen, seidenweichen Härchen berührte, abtastete, sich anschmiegte, sie ausfüllte. Da war's um sie gescheh'n. Sie vergaß sich. Beim ersten Applaus erwachte sie nicht. Bis zum zweiten geriet sie, ganz allmählich, in einen seltsamen Zustand, in dem sie sich als Bogen und Zielscheibe zugleich fühlte: aufs Äußerste gespannt und willenlos, bereit, in jedem Augenblick getroffen zu werden, zu lieben, zu leiden, zu sterben. In der Pause blieb sie auf ihrem Platz, während die Menschen rund um sie sich erhoben, als ob nichts geschehen wäre, in Richtung Buffet strömten, als wäre alles ganz normal. Als Sänger und Pianist nach der Pause erneut die Bühne betraten, fragte sie sich, ob sie sich wappnen sollte oder nicht, »Dichterliebe« hieß der Zyklus, der nun auf dem Programm stand; noch wusste sie nicht, dass sie gar keine Wahl hatte. *Im wunderschönen Monat Mai, als alle Knospen sprangen.* Der erste Teil der ersten Strophe des ersten Liedes schon versenkte sie von Neuem in diesen seltsamen Bogen-Zielscheiben-Zustand, schmerzhaft schön, und wieder vergaß sie sich selbst, augenblicklich.

Der Sänger geht an Helga vorbei, weiterhin suchend um sich blickend, an Helga vorbei, durch Helga hindurch, über Helga hinweg, ihr Herz klopft in den Ohren, in der Kehle, und sie weiß: Ich bin nicht sein Typ. (Obwohl sie keine Ahnung hat, wie und warum sie das weiß.) Und zugleich weiß sie: Jetzt ist die letzte Möglichkeit, mich bemerkbar zu machen, ganz genau: jetzt.

Am Morgen, nachdem Helga das Sängerfoto geschossen hatte, knipste sie den ganzen restlichen Film aus, fünfunddreißig Aufnahmen; es war ein trüber, schneeloser Novembertag; sie fotografierte ihr Haus von allen Seiten und ihren Garten in allen Details, nackte Sträucher, nackte Bäume, blumenlose Beete; sie brachte den Film zum Entwickeln in den Drogeriemarkt, »Standard, mit 2. Bilderserie, matte Oberfläche«. Am nächsten Tag suchte sie in der Foto-Lade des Drogeriemarkts unter ihrem Namen mit klopfendem Herzen nach den fertigen Fotos, obwohl diese unmöglich fertig sein konnten; am übernächsten Tag fand sie sie vor. Sie nahm die blaue Fototasche und bezahlte die Fotos an der Kasse, ohne auch nur einen Blick darauf geworfen zu haben. Auf der Heimfahrt hoffte sie inständig, das Foto, das eine Foto möge gut geworden sein. Zu Hause riss sie die blaue Tasche auf. Ehe sie die Bilder herausnahm, blickte sie noch aus dem Fenster ihres Wohnzimmers in den Garten, beschwörend, auf den steinernen Engel: Er stand unbeeindruckt auf einem gemauerten Torbogen, der von nirgendwoher nirgendwohin führte. (Schon als Helga zum ersten Mal seiner ansichtig wurde, wusste sie: Dieser so gar nicht liebliche Engel, dieser herbe, männliche Engel konnte nur Michael heißen; und weil ihm die üblichen Erzengel-Insignien fehlten, Rüstung, Flammenschwert oder Lanze, entschied Helga, dass es sich um Michaels umgänglicheren Neffen zweiten Grades handeln musste.) Lieber Michael, bitte: Lass das Foto gut geworden sein. Unter all den Bildern von nackten Sträuchern und Bäumen grub Helga schließlich das Foto mit der Zigarette aus.

Und es war gut geworden, sogar richtig gut. Es zeigte den Sänger im Profil, markant, im grauweißen Zigarettenrauch-Nebel: vollkommene Entspannung, Kopf leicht in den Nacken gelegt, Anflug eines Lächelns.

Helga, im Bewusstsein, dass nun der letzte, der allerletzte Augenblick des Sichbemerkbarmachens gekommen ist, durch einen Wink, ein Wort, ein Husten: Helga lässt den Augenblick verstreichen. Die Möglichkeit verwandelt sich augenblicklich in eine Unmöglichkeit, die mit jedem weiteren verstreichenden Augenblick unmöglicher wird. Der Sänger gibt das Ausschauhalten nach der ihm unbekannten Fotografin auf, vorläufig. Stattdessen sucht er einen Tisch aus. Er setzt sich in Helgas Blickfeld, auf ein Zweiersofa, so, dass eine zweite Person neben ihm Platz hätte; im hintersten Winkel des Lokals, möglichst wenig Licht, weit und breit kein Spiegel, keine Kuchenvitrine, kein Zeitungstisch; trotzdem kann er die Tür im Auge behalten. Es ist noch ruhig im Lokal, Helga kann hören, was am anderen Ende des Raumes gesprochen wird. Was darf's denn sein, der Herr? Der Sänger bestellt ein Pago Orange; ruft den Ober gleich darauf zurück: Und noch einen großen Braunen bitte. Seine Stimme, seine Sprechstimme, ist seiner Singstimme verblüffend ähnlich, ein wenig rau, ein wenig sanft. Hätte sie sich vor wenigen Augenblicken zu einem Wink entschieden, würde sie jetzt neben dieser sanften, ein wenig rauen Stimme sitzen. Doch weder hier noch dort drüben wäre sie sein Typ. Sie würde seine Enttäuschung spüren; es würde ihr schwerfallen, so zu tun, als wäre sie von seiner Enttäuschung nicht im mindesten enttäuscht; und trotzdem wünscht sie sich, nicht hier zu sitzen, sondern dort; das Pochen ihres Herzens erfüllt ihren ganzen Körper; sie spürt einen wüstenwarmen Lufthauch auf ihren nackten Beinen; ihre kurze leichte Jacke ist viel zu warm und viel zu grün; Helga täuscht Lesen vor, sie tut so, als ob sie den Inhalt des Buches vor sich auf dem Tisch interessiert aufnähme. Der Ober serviert das Pago Orange und den Kaffee; der Sänger sieht auf die Uhr und rührt in seinem großen Braunen, in den er zuvor keinen Zucker getan hat. Helga rührt in ihrer Melange, in der sich der Zucker längst aufgelöst hat. Seine grau-blond melierten Haare sehen frisch fassoniert aus. Er trägt dunkelgraue Jeans und ein dünnes dunkles Sakko und etwas Weißes darunter, ein T-Shirt vermutlich; er zieht das Sakko aus. Helga macht eine fahrige Bewegung mit der Hand, die Tasse schwankt, der Kaffee schwappt ein wenig über. Weißes T-Shirt, tatsächlich. Der Sänger sieht auf die Uhr und zur Tür und rührt weiter in seiner Kaffeetasse. Dann greift er in seine Umhängetasche, die neben ihm auf dem Boden steht, zieht etwas heraus.

Das richtig gute Foto: Tagelang hatte Helga überlegt, ob sie es dem Sänger wirklich zukommen lassen sollte. *Das könnte ein tolles Foto von mir sein – schicken Sie's mir doch, wenn es gut geworden ist!* Und wenn ja, dann wie, ohne Kommentar oder mit, wenn mit, dann mit welchem. *Das darf aber niemand sehen – einen Sänger, der raucht!* Da hatte sie eine Idee, die sie sehr erheiterte, und sie erinnerte sich an Mike; er arbeitete in einer Werbeagentur. Sie rief ihn an. Eine Woche später hielt sie eine CD-Imitation in Händen, täuschend echt. *Schall und Rauch.* Sie stellte sich den Gesichtsausdruck des Sängers vor, wenn er das Päckchen aufmachen würde, und lächelte in sich hinein. Eine weitere Woche dauerte es, Gabriel Hallers Adresse herauszufinden, denn sie war nicht im Telefonbuch verzeichnet. Vier weitere Wochen brauchte Helga, um sich zum Wegschicken zu bewegen, denn sie konnte sich nicht entscheiden, ob sie das Päckchen mit ihrem Absender versehen sollte oder nicht. Sie beließ es bei ihrer Telefonnummer im CD-Begleitheft, neben: Copyright Foto. Es war die Nummer ihres Wertkarten-Handys. Die ersten Tage trug sie ihr Handy immer bei sich, immer eingeschaltet, und stellte sich vor, wie es wäre, wenn er anrufen würde; allmählich ließ die Spannung nach, und etwa drei Wochen später dachte sie nur noch ab und zu: wie es gewesen wäre, wenn er angerufen hätte. Nach dreieinhalb Wochen, am späten Vormittag, rief er an.

Von Zeit zu Zeit sieht Gabriel zur Tür und auf die Uhr. Es ist 9 Uhr 20. Er betrachtet die CD und zieht das Begleitheft heraus und öffnet es. Helga überläuft es siedend heiß; ihr Handy ist eingeschaltet, auf *allgemein*. Sekundenbruchteile nachdem sie im Menü *lautlos* gewählt hat, erscheint auf dem Display: *G. ruft an.* Sie spürt, wie sie rot anläuft, vom Hals aufwärts; und abwärts bis in die Zehenspitzen; sie spürt ihren Körper pochen, hämmern, ohrenbetäubend laut. Der Sänger winkt dem Kellner, zahlt und steht auf. Inzwischen hat sich das Café gut gefüllt, mit intellektuellen Nachtarbeitern, Spätaufstehern. Helga – das Gesicht hochrot, die Jacke lindgrün, der Körper schweißgebadet –

scheint für den Sänger unsichtbar zu sein. Eben. Ich bin nicht sein Typ. Eine halbe Ewigkeit starrt sie noch in ihr aufgeschlagenes Buch, betäubt, erleichtert, enttäuscht, hält den Kopf gesenkt. Als sie dem Ober *Zahlen, bitte!* zuruft, zeigt die Fünfziger-Jahre-Bahnhofsuhr über dem Eingang 9 Uhr 43. Der Milchschaum ihrer ungetrunkenen Melange ist in sich zusammengefallen, unansehnlich, und auf der darunter zum Vorschein kommenden kalten, gelblich braunen Flüssigkeit haben sich Fettaugen gebildet. Helga trinkt in einem Zug das Leitungswasser, das automatisch zum Kaffee geliefert wird. Es schmeckt abgestanden. Sie steht auf, strebt auf die Tür zu, abwesend, hält immer noch den Kopf gesenkt, stößt jemanden an, an einen Gast in der Mittelreihe, *Verzeihung*. In dem engen Windfang, in dem nun beide Türen geöffnet sind, stößt sie noch einmal jemanden an, mit jemandem zusammen, *Verzeihung*, frontal; männlicher Köper, männlicher Geruch, männliche Stimme, *Hoppla, nicht so stürmisch.* Zwei Hände drücken ihre Oberarme, fest. Helga hebt den Kopf. Sieht in ein Gesicht, das ungläubig prüfend zweifelt, mit dem Anflug eines Lächelns. *Verzeihung.* Ihr Mund ist beinahe auf gleicher Höhe mit seinem. *Keine Ursache.* Sie spürt seinen Atem. Die Hände lösen sich von ihren Oberarmen. Sekunden später öffnet sie die Autotür. Jemand hupt neben ihr, gestikuliert fragend. Helga nickt. Das hupende Auto schiebt zurück, Helga fährt zurück, vor, zurück, vor, aus der Parklücke und bemerkt nicht, dass Gabriel in der Tür steht, rauchend, sie immer noch beobachtend.

10 bis 11 Uhr,
Susi

Barfuß steht Susi im Badezimmer, in Slip und leichter Bluse, Kurzarm, cremefarben. Grundierung auftragen, mit losem Puder fixieren. Gepflegtes Äußeres ist wichtig im Berufsleben, nicht wahr! Sie beugt sich über das Waschbecken, hält ihr Gesicht ganz nahe an den Spiegel. Augenbrauen nachziehen. Mit dem rechten Fuß stößt sie einen Haufen schmutziger Wäsche beiseite. Lidschatten, blau? Blau. Schon fünf nach acht. Mit Schwung zieht sie einen schwarzen Strich von innen nach außen auf das obere Lid, erst das rechte, dann das linke.

Gestern, gleich nach dem Aufstehen, hatte sie die Wäsche waschen wollen, zumindest nach Farben sortieren, noch vor dem Duschen. Da war ihr eingefallen, dass sie frühstücken sollte. Frühstück war wichtig, hatte sie erst kürzlich wieder gelesen. Oder gehört? Sie musste wirklich mehr auf gesunde Ernährung achten. Sie schaltete den Wasserkocher ein. Er hätte dringend eine Entkalkung nötig. Nebenan, im Wohnzimmer, lief die Gymnastik-Sendung auf dem Werbekanal; die junge Dame hatte einen perfekt geformten Körper, und ihr Rossschwanz wippte sexy auf und ab. Ja, zum Friseur hatte sie noch gehen wollen; obwohl, ihre gemèchte Kurzhaarfrisur war ganz flott, oder; die grauen Haare fielen fast gar nicht auf; vielleicht wieder einmal den Friseur wechseln, die Nachbarin hatte kürzlich von einem erzählt, oder war es ihre Schwester gewesen. Heißes Wasser in eine Tasse, einen Löffel Löskaffee aus dem Glas dazu, umrühren, fertig. Der Kaffee roch unangenehm. Das Ablaufdatum war überschritten. Ach was. Sie schob die Dosen und Gläser auseinander, die sie aus dem Oberschrank geräumt hatte, als sie das ausgerissene Scharnier der Schranktür reparieren wollte, die sich nicht mehr schließen ließ und schief herunterhing. Sie schnitt eine Scheibe Brot ab. Das pelzig Grüne versuchte sie wegzukratzen. Irgendwo hatte sie über die Schädlichkeit von Schimmel gelesen. Wegwerfen? Der Mülleimer quoll über. Sie nahm den übervollen Plastiksack heraus, stellte ihn ins Vorzimmer, wo sich fauliger Geruch ausbreitete; ach was, sie würde ihn am Nachmittag mit hinunternehmen, in den Müllraum der Wohnhausanlage. Sie schloss die Tür hinter sich. Sie trug die Kaffeetasse zum runden Plastiktisch im Wohnzimmer, eigentlich der Balkontisch, doch dort hatte sie den dunkelblauen Sonnenschirm ausgebreitet; demnächst wollte sie ihn reparieren, die Ersatzstäbe lagerten seit dem letzten Sommer im Vorzimmer, ebenso der Stoff für den Sichtschutz, den sie zu nähen angefangen hatte, nur ein paar Nähte fehlten noch; letztes Jahr hatte sie es nicht geschafft, doch in diesem Sommer würde sie es fertig machen, es war ja erst Anfang Juni; sie würde gemütlich auf dem Balkon sitzen, inmitten der Pflanzen, die sie anschaffen wollte, unter dem blauen Sonnenschirm, geschützt vor den Blicken der Bewohner des Nachbarhauses. Inzwischen machte sich der runde Plastiktisch doch gut im Wohnzimmer! Im Esszimmer türmten sich noch die Schulsachen der Kinder, die vom vergangenen Schuljahr; gleich morgen mussten die Sachen weg, spätestens übermorgen. Die beiden Mädchen waren heute beim Vater, Gott sei Dank; obwohl, auch drei Jahre nachdem ihr Mann sie verlassen hatte, aus soeben noch heiterem Himmel, schmerzte es, dass ihre Kinder so gern zum Vater gingen. Verrat. Hoffentlich vergaß er nicht wieder, mit der Älteren Englisch zu lernen und mit der Jüngeren Latein, für die Schularbeiten nächste Woche. Ach was. Sie würde das schaffen. Seine Sachen mussten auch weg, sie hatte sie erst vor einigen Wochen aus dem Regal auf den Esstisch geräumt und auf das Klavier; vielleicht würde er eines Tages zu ihr zurückkommen; sie würde alles anders machen, einfach alles. Vielleicht würde sie ihn morgen anrufen, ganz kühl: Hol auf der Stelle dein Zeug ab, sonst werfe ich es in den Müll! Ja, das würde sie schaffen, so oder so. Sie setzte sich an den runden Tisch, vor den Fernseher.

Im letzten Sommerurlaub hatte sie einen kleinen Bauch angesetzt, rund um ihre Taille; er bereitete ihr Sorgen; nicht nur baute er sich sehr langsam ab, er ließ außerdem schrumpelige Haut zurück, unnütz, die beim Hosenbund ihrer Jeans herausquoll. Sie würde in Zukunft mehr Bewegung machen. Das bisschen Abnehmen würde sie auch noch schaffen. Sie schob einen Karton zur Seite, um Platz für die Gymnastikübungen zu machen. Ihre Schwester war kürzlich umgezogen; sie hatte ihr die Kartons hingestellt, so zehn oder fünfzehn: Du kannst das sicher gut brauchen, Susi, nicht wahr! Alte Handtücher, Bettzeug, Modezeitschriften, Bücher (Ratgeber, historische Frauenromane), Töpfe, Pfannen, eine Küchenmaschine (nur leicht reparaturbedürftig), Kleider (kaum getragen, kommen sicher wieder in Mode, früher oder später). Mit dem Aussortieren war sie noch lange nicht fertig. Flohmarkt, sie hatte für das nächste Wochenende wieder einen Stand am Flohmarkt reserviert, das würde vielleicht wieder fünfzig Euro einbringen. Ich werde das schon schaffen, dachte sie, während sie zusammen mit der Fernsehturnerin eine gymnastische Übung machte, die letzte, denn die Sendung war schon fast um. Schade, das nächste Mal musste sie unbedingt von Anfang an mitmachen. Sie war noch im Pyjama. Der Kaffee – kalt. Die Wäsche! Sie bahnte sich einen Weg durch die Kartons, lief die Treppe hoch, ins

Obergeschoß der Vorstadt-Maisonette-Wohnung; als sie auf halber Höhe war, klingelte das Telefon. Sie machte kehrt, stolperte über einen Karton; das Telefon lag auf dem Schreibtisch im »Studio«. Ihre Freundin Maria rief an, um ihr alles Gute für den morgigen ersten Arbeitstag zu wünschen. Susi setzte sich auf das Bett, das nun gleich neben der Tür stand, anstelle des Kosmetikstuhls, den sie auf Kredit gekauft und fast abbezahlt hatte; ihre ältere Tochter wohnte nun hier, im »Studio«. Seither kam sie selbst nur mehr selten an den Computer heran. Auf dem roten Bord prangten zwei Cremetiegel, in elegantem Dunkelblau, leer, Relikte aus ihrer Zeit als selbständige Hautexpertin der französischen Kosmetikfirma. Während sie Maria am Telefon von ihrem neuen Job vorschwärmte, konnte sie den Gedanken an ihre erfolglose Kosmetikzeit wegschieben; am Ende hatte sie schon Frauen im Supermarkt angesprochen, um ihre vorgeschriebene Kundenquote zu erfüllen; eine Dame war nach der einstündigen Gratis-Pflege-Schnupperbehandlung schreiend weggelaufen, statt die exklusive Pflegeserie zu kaufen; alles wegen einer leichten Hautrötung und ein paar winzigen Pusteln! Es war ihre letzte Kundin gewesen. Ab morgen, sagte Susi nach fünfundzwanzig Minuten zu Maria, ab morgen wird alles anders. Und erzählt ihrer Freundin noch schnell von ihrem Versuch, als Putzfrau zu arbeiten, stell dir vor, das war so eine Professorin von der Uni, die hat mich eine halbe Stunde bügeln lassen, nein, bezahlt hat sie nichts, ja, ich weiß, mir war das auch zu viel, sie hat sich nämlich, während sie mir beim Bügeln zugeschaut hat, ein Glas Leitungswasser genommen und mir keines angeboten, das war nicht in Ordnung, oder, du, ich muss jetzt Schluss machen, mein Akku ist fast leer und mein Handy läutet. Es war ihre Mutter. Ja, natürlich bringe ich dich zum Hautarzt! Und Papa ins Spital. Das geht sich schon irgendwie noch aus, wann soll ich euch abholen?

Beim Auftragen des Lippenstifts bemerkt Susi zwei neue Fältchen über der Oberlippe. Falten eigentlich. Ach was. Sie spannt die Haut über die oberen Schneidezähne, schon sind die Fältchen unsichtbar! Susi ist mit sich und ihrem Aussehen zufrieden. Sie setzt den Kajalstift am rechten unteren Augenlid an – die persönlichen Dokumente und der unterschriebene Arbeitsvertrag! Doch zuvor noch fertig anziehen. Mit drei Schritten ist Susi im Schlafzimmer; hoffentlich passt der leichte beigefarbene Hosenanzug noch. Sie rollt den Kosmetikstuhl auf den winzigen Gang zwischen Bade- und Schlafzimmer, um die Kleiderschranktür öffnen zu können.

Den Kosmetikstuhl hatte sie schon längst bei Ebay einstellen wollen, sicher hätte sie eine Menge Geld dafür bekommen. Doch nie war Zeit dafür gewesen. Nun ließ sich der Computer nicht mehr hochfahren, seit einigen Wochen schon. Sie wollte ihren Schwager anrufen, der kannte sich aus. Doch bisher war sie einfach nicht dazu gekommen. Das Anti-Viren-Programm war auch abgelaufen. Schon im geförderten Computerkurs, für Wiedereinsteigerinnen über fünfundvierzig, waren die Programme immer wieder abgestürzt; das war vor zwei Jahren gewesen. Es fehlten ihr nur die Abschlussprüfungen, eigentlich, damals war einfach keine Zeit dafür gewesen, aber irgendwann würde sie die Prüfungen nachholen, früher oder später.

Es ist kurz nach neun. Susi entdeckt eine Parklücke, endlich, nach langem Kreisen. Die Registrierung für das Handyparken! Ach was, tausche ich eben alle zwei Stunden die Parkscheine aus. Rasch das Handschuhfach öffnen. Ein Karton blockiert die Klappe des Handschuhfachs. Wohin mit dem Karton? Das Auto ist mit Kartons vollgepackt, inklusive Kofferraum, für den Flohmarkt am Wochenende. Susi steigt aus, öffnet die Beifahrertür, hebt den Karton auf den Fahrersitz, öffnet das Handschuhfach. Da ist nur mehr ein blauer Schein, ein Einstunden-Parkschein, Susi spürt, wie ihr der Schweiß auf die Stirn tritt. Ein Blick in den Kosmetikspiegel auf der Sonnenblende, vorsichtiges Abtupfen mit einem Kosmetiktuch. Ab morgen nehme ich die U-Bahn, vielleicht. Doch was mache ich jetzt? Sie kreuzt die Ankunftszeit an: zehn Uhr. Wird schon niemand kommen, in aller Herrgottsfrühe. Und um elf lege ich dann einen neuen Schein nach. Wird mir schon irgendjemand einen schenken oder borgen, oder ich suche dann eine Trafik. Susi versperrt das Auto mittels Fernbedienung. Zu ihrer neuen Arbeitsstätte ist es gar nicht weit von hier. Der Himmel ist blau, die Sonne scheint. Im Gehen wendet sie den Kopf, lächelt dem Spiegelbild zu, das ihr ein Schaufenster zurückwirft. Der Hosenanzug sieht gut aus, wenn er auch für diesen heißen Tag zu warm ist, aber bald kann sie sich neue Sachen zum Anziehen kaufen, jede Menge! Sie schiebt die Kartons aus ihren Gedanken, die Kartons in ihrer Wohnung, die in ihrem Keller, die in ihrem Auto. Sacherov & Sohn Import & Export. Ein elegantes Messingschild in einem eleganten Hauseingang eines vierstöckigen Altbaus in der Innenstadt. Susi ist mächtig stolz. Sie drückt auf den Klingelknopf und sieht auf die Uhr. 9 Uhr 15. Es surrt. Beinahe ist Susi pünktlich. Der altmodische Fahrstuhl, aus Holz und Glas im Eisenkäfig, trägt sie nach oben. Vierter Stock. Weiße Stuckdecken im Stiegenhaus. Eine riesige hölzerne Flügeltür. Sie lässt sich mühelos öffnen. Nur ganz leicht drückt Susi auf den Messingknauf. Die Empfangsdame von Sacherov & Sohn begrüßt Susi freundlich. Susi atmet tief durch. Hier drinnen ist es kühler. Sie durchschreitet auf knarrenden Parkettböden den riesigen hohen Raum, durch Kästen, Regale, Grünpflanzen hübsch unterteilt, sehr hübsch! Die Empfangsdame geleitet Susi ins Zimmer des Chefs, meldet sie an, schließt beinahe lautlos die Flügeltür hinter sich. Sacherov Sohn, etwa fünfzig, erhebt sich und reicht ihr die Hand. Nicht sehr groß, aber auch nicht klein, dunkler Anzug, blau-weiß kariertes Hemd, dezente Krawatte, hell ergrautes Haar, kurz geschnitten, markante Nase. Ein Blick auf die Uhr, ein Blick in Susis grüne Augen. Etwas länger als nötig. Wie schon beim Vorstellungsgespräch. Was für ein Glück ich doch habe! Sie reicht ihm den unterschriebenen Arbeitsvertrag. Er nickt. Frau Abrahim wird Ihnen alles zeigen, sagt Herr Sacherov Sohn mit fester Stimme, nicht sehr laut, und reicht ihr wieder die Hand. Herzlich willkommen. Susi schwebt aus dem Zimmer. Frau Abrahim nimmt sich ihrer an, sie ist nett, sehr nett, und so ruhig! Kommen Sie. Susi setzt sich an ihren neuen Arbeitsplatz. Sie können doch mailen? Natürlich kann Susi mailen! Wenn sie auch etwas aus der Übung ist, aber das wird sie schaffen. Frau Abrahim schaltet den Computer ein. Bis er hochfährt, dauert es eine Weile. Sie kennen sich doch mit Office aus? Natürlich kennt Susi sich mit Office aus, der Kurs ist noch gar nicht so lange her! Frau Abrahim öffnet Listen mit Word-Dokumenten. Die hier schicken Sie als Anhang an unseren Kunden Sauer & Sohn in Bonn, die an unser Büro in Berlin, und diese nach Moskau, alle mit freundlichen Grüßen und so weiter. Sie können doch Russisch? Natürlich kann Susi Russisch, wenn auch nicht mehr so gut wie nach ihrem Studium, vor fünfundzwanzig Jahren. Nur wegen ihrer perfekten Russischkenntnisse hat sie diesen Job überhaupt bekommen! Es ist doch ziemlich heiß hier drinnen. Susi fängt an zu schwitzen und zieht die Jacke aus. Die Adressen finden Sie im Adressbuch. Wenn Sie Fragen haben, kommen Sie einfach zu mir. Susi kann es nicht fassen. Arbeit, echte Arbeit. Geld. Keine Versuche mehr, als akademische Putzfrau zu arbeiten. Keine Betteltelefonate mehr mit ihrem Nochnicht-Exmann, ihrem Immernoch-Ehemann. Taschengeld für die Kinder. Vielleicht doch ein neuer Sonnenschirm. Die Jacke ihres Hosenanzugs, sie hat sie über die Lehne ihres Drehstuhls geworfen. Sie will sie in die Garderobe hängen. Ach was. Erst die E-Mail. Die Jacke kann warten. Moskau, Bonn oder Berlin, welches ist am allerdringendsten? Berlin, sagt Frau Abrahim freundlich. Neues Mail, klick. Betreff, Kundendaten neu. Ansprechperson? Frau Abrahim gibt Auskunft, immer noch freundlich. Susi setzt sich wieder. Die Jacke rutscht von der Stuhllehne. In der Anlage übermitteln wir Ihnen und so weiter und so weiter, Sie wissen schon, Sie machen das ja wohl sicher nicht zum ersten Mal. Das Adressbuch? Brauchen Sie gar nicht. Wenn Sie ein S und ein A eingeben, erscheinen automatisch die richtigen Adressen. Frau Abrahim ist nicht mehr ganz so freundlich. Spürt Susi. Und die Jacke stört, rutscht zu Boden, wird aufgehoben. Erst das Mail versenden. Parkschein austauschen nicht vergessen, irgendwann. Anhang nicht vergessen. Kundendaten neu. Richtig. Susi tippt ein S und ein A, tatsächlich erscheint die Adresse! Ist ja ganz leicht! Senden? Frau Abrahim fragen? Senden. Klick. Glück. Die erste Aufgabe bewältigt; die erste richtige Aufgabe nach sechzehn Jahren Babypause. Susi atmet tief aus und dreht sich in ihrem Stuhl; den Kosmetikstuhl wird sie in null Komma nichts abzahlen; sie ist glücklich. Sie schwebt in die Garderobe, hängt ihre Jacke auf einen Kleiderbügel aus Holz, schwebt zurück zum Schreibtisch, zu ihrem Schreibtisch. Zu ihrem Schreibtisch! Nun gleich die nächste Mail, keine Zeit verlieren, diesmal nach Bonn, alphabetisch geordnet, gewissermaßen. Doch zuvor noch einmal die erste Mail ansehen. Nur ganz schnell einen Blick darauf werfen. Meine erste professionelle Mail! Stolz. Klick. Gesendete Mails. Letzte gesendete Mail. Hitze. Was ist denn das für eine Adresse. Siedende, stechende Hitze. Alles in ihr: versengt. Nein. Frau Abrahim, was ist das für eine Adresse. Ihre Stimme wird hoch und schrill und zittert. Frau Abrahim eilt herbei. Was ist denn jetzt schon wieder. Ich kann mir das nicht erklären, ich … Frau Abrahim scheucht Susi von ihrem Drehstuhl, mit einer

Handbewegung, setzt sich selbst vor den Computer. Sie tippt, starrt auf den Bildschirm, tippt, starrt, zischt und läuft rot an, krebsrot. Ihre Augen verengen sich zu Sehschlitzen. Sie haben soeben höchst sensible Firmendaten an einen Kunden geschickt statt an unser Büro in Berlin. Was …, sagt Susi. Was, was, was, das hat unabsehbare schädliche Folgen für die Firma Sacherov & Sohn! Aber ich habe doch … Aberaberaber! Frau Abrahim entfernt sich auf zornigen Fersen in Richtung Chef-Zimmer. Klack, klick, klack. Nach einer Minute nähern die zornigen Fersen sich wieder, klick, klack, klick. Was … Herr Sacherov ist sehr beschäftigt, sagt Frau Abrahim und sieht an Susi vorbei. Was … Setzen Sie sich dort drüben hin und warten Sie, zischt Frau Abrahim. Susi nimmt ihre Tasche von ihrem Schreibtisch. Die Uhr auf dem Computer zeigt 9 Uhr 55. Sie will das Gerät ausschalten. Fassen Sie nichts an! Susi holt ihre Jacke aus der Garderobe. Sie setzt sich an ein Ende des schwarzen Ledersofas, beim Empfang. Sie legt die Jacke über ihre Knie. Sie wartet. Sie schwitzt. Sie schämt sich. Sie glüht. In ihrem Kopf ist es so heiß, vor Scham, dass ihre Gedanken, kaum gedacht, verbrennen, bis auf einen: Ich kann nicht warten ich gehe jetzt ich muss warten ich kann nicht gehen. Susi spürt einen Finger an ihrer Schulter. Herr Sacherov wünscht Sie unverzüglich zu sprechen. Susi steht mühsam auf, ihre Beine sind verkrampft, ihre

Gelenke sind steif und schmerzen. Die Uhr im Chef-Zimmer springt auf 11 Uhr. Genau eine Stunde hat Herr Sacherov sie warten lassen. Er erhebt sich nicht. Er sieht an Susi vorbei, hält ihr wortlos ein weißes Kuvert hin, zwischen Zeigefinger und Mittelfinger. Firmenschädigendes Verhalten. Susi schleppt sich vom Chef-Zimmer zum Empfang, allein, ihre Beine sind bleiern, ihre Gelenke schmerzen, die mitleidigen Blicke stechen schadenfroh, die Stille dröhnt, die Gedanken brennen, zerfallen, zu Asche. Die Flügeltür fällt schwer ins Schloss. Der altmodische Fahrstuhl, aus Holz und Glas, im Eisenkäfig, befördert Susi abwärts. Parterre. Draußen ist es noch wärmer geworden. Sie sieht das Auto in der prallen Sonne stehen. Eine Frau in blauer Uniform sieht auf die Uhr. 11 Uhr 14. Susi will losrennen, doch ihre Füße kleben am Gehsteig fest, während die uniformierte Dame noch einmal auf die Uhr sieht, etwas auf einen weißen Zettel schreibt, den Zettel in eine Plastikhülle steckt und vor die Windschutzscheibe klebt, klacks, und weitergeht. Wozu die Plastikhülle, schießt es Susi durch den Kopf, heute wird es garantiert nicht regnen. Es gelingt ihr, die Füße vom Boden zu lösen. Der Funköffner funktioniert nicht mehr, Susi schließt die Autotür händisch auf. Auf dem Fahrersitz steht noch der Karton, sie schiebt ihn auf den Beifahrersitz. Auf ihrer cremefarbenen Bluse zeichnen sich in den Achselhöhlen große dunkle Flecken ab. Ich schaffe das schon, denkt sie, während sie den Motor anlässt, ich werde das schaffen.

11 bis 12 Uhr 30,
Hedwig

Ja?

Ich möchte zu Herrn Prilar bitte, aber er macht nicht auf.

Dann wird er wohl nicht da sein.

Aber ich möchte ihm bitte etwas an die Tür stecken.

(Der Türöffner surrt.)

Danke, sagt die Frau, deren Stimme so zierlich und schüchtern ist wie sie selbst, und ein wenig zerbrechlich; mit aller Kraft stemmt sie sich gegen die schwere Eingangstür eines großen Mietshauses, in einer kurzen, kleinen Straße im zwölften Wiener Gemeindebezirk, gleich beim Gürtel. Mit der einen Hand hält sie krampfhaft eine langstielige rosa Rose ohne Dornen fest, und ihre altmodische Handtasche. Es riecht muffig im Stiegenhaus, modrig, nach Müllraum. Sie rückt ihre riesige, fast quadratische Brille zurecht und schaut noch einmal auf den Briefumschlag. Dritter Stock, Türnummer 14. Hedwig fährt nicht gerne Lift, es wird ihr oft zu eng, die schmale Lifttür in diesem Haus lässt auf eine kleine Kabine schließen; sie nimmt lieber die Treppe, tastet in einem finsteren Gang nach dem Lichtschalter. Auch bei eingeschaltetem Licht bleibt es düster, auch einen Stock höher riecht es dumpf nach Müll.

Sie waren im Café Ritter verabredet gewesen, um viertel zwölf. Erkennungszeichen: rosa Rose. Hedwig hatte sich besonders hübsch gemacht, das naturkrause weiße Haar mit Hilfe großer bunter Wickler geglättet. Sie hatte die hellrosa Hemdbluse gewählt, den hellbeigen Rock, den dezenten Lippenstift, das Lavendelparfum und die Stützstrümpfe, denen man das Stützende fast nicht anmerkte. Nach zwanzig Minuten saß sie immer noch allein da, und während sie wieder und wieder in derselben Neuen Post blätterte, wurde aus einer Ahnung allmählich Gewissheit: Auch dieser Mann würde nicht kommen. Es war ihr viertes Rendezvous in zwei Monaten, jedes Mal hatte man sie sitzen lassen. So eine Unhöflichkeit, das zeugt von wirklich schlechtem Benehmen, das lasse ich mir nicht gefallen! Hedwig war siebenundsechzig und hielt ihren Körper fit, mit äußerster Disziplin; jeden Tag nach dem Frühstück turnte sie die isometrischen Übungen, die sie auf Kassetten aufgenommen hatte, damals, in den sechziger Jahren, als sie noch jung war; wenn sie sich gut fühlte, machte sie noch Klimmzüge am Türstock und Übungen auf der blauen Gymnastikmatte, ihr Gewicht schwankte zwischen einundsechzig und vierundsechzig Kilo. Für ihr Alter sah sie gut aus, nicht wahr. Diesmal hatte sie gar kein Foto mitgeschickt, vielleicht hätte sie das doch tun sollen. Diesmal jedenfalls, dachte sie entschlossen, diesmal werde ich es nicht auf sich beruhen lassen! Dieses eine Mal werde ich der Sache nachgehen! Vorsorglich hatte sie zu Hause den Stadtplan studiert, gebranntes Kind. Gut, dass sie das Auto genommen hatte, ausnahmsweise; die Adresse auf dem Umschlag war vielleicht zehn Fahrminuten vom Café Ritter entfernt; ihr Parkschein würde erst um 12 Uhr 30 abgelaufen sein; sie zahlte ihren Pfefferminztee und gab kein Trinkgeld.

Hedwig erreicht den dritten Stock, endlich, sie atmet schwer, ihre Stirn ist schweißnass; das Licht geht aus; wieder ertastet sie einen Lichtschalter; ein paar Schritte noch, und sie steht vor Tür 14. Tür 14 ist nicht ganz geschlossen, einen klitzekleinen Spalt ist sie offen. Hedwig klopft leise. Dann drückt sie auf den roten Knopf neben der Tür, die Klingel schrillt. Herr Theodor? Herr Theodor, sind Sie da – ich bin's, Hedwig, die schlanke Frau Anfang Sechzig!, ruft sie, halblaut. Als niemand antwortet, stößt sie leicht gegen die Tür, die ein klein wenig aufgeht, nicht viel. Hallo? Herr Theodor? Sie späht in den Flur, versucht, die Tür weiter aufzustoßen; doch diese lässt sich kaum weiter öffnen, nur so weit geht sie auf, dass Hedwig gerade hineinschlüpfen kann, weiter nicht. Mit der linken Hand klammert sie sich an die rosa Rose, hält sie krampfhaft, als wäre es eine Waffe. Rechts nach dem Eingang ertastet sie wieder einen Schalter. Sie zögert, ehe sie ihn drückt, mit bang klopfendem Herzen. Der Flur ist nun beleuchtet, wenn auch matt. Hedwigs blassblaue Augen weiten sich, ungläubig.

Ihr Mann ist seit fünf Jahren tot; sechs Wochen nach seiner Pensionierung verstarb er an einem Gehirnschlag, plötzlich und unerwartet, ein halbes Jahr nach ihrer eigenen Pensionierung. Ihre Ehe war nicht schlecht und nicht gut und ist kinderlos geblieben. Ein paar Monate nachdem sie in den Ruhestand getreten war, fuhr sie in den ersten Bezirk. Sie musste die beiden Gutscheine einlösen, die sie als Abschiedsgeschenk von den Kolleginnen und Kollegen bekommen hatte; die Gutscheine waren nur sechs Monate gültig. Es war der letztmögliche Einlösetag. Hedwig wollte die Gutscheine nicht verfallen lassen, das wäre Verschwendung gewesen, Vergeudung und unhöflich gegenüber ihren ehemaligen Kolleginnen und Kollegen. In dem exklusiven Modegeschäft fühlte sie sich unwohl und erstand einen zeitlosen Rock, hellbeige. Anschließend ließ sie sich beim Nobelfriseur die Haare machen. Man bot ihr einen Kaffee an, den sie ablehnte, ebenso wie den Saft, aus Angst, etwas zu verschütten; die Hochglanz-Zeitschriften jedoch ließ sie sich bringen, um sich abzulenken, das elegante Ambiente machte sie nervös. Sie blätterte ohne zu lesen, als ihr eine große Überschrift ins Auge fiel, die Überschrift zu einem Artikel: Der weibliche Orgasmus. Errötend sah sie sich um, doch niemand beachtete sie, und während ihre weißen Naturwellen, auf große Wickler gedreht, unter dem roten Licht der Infrarotlampe vor sich hin trockneten, stellte sie fest, dass sie das, was in dem Artikel beschrieben wurde, mit ihrem Mann bestimmt nie erlebt hatte, niemals hatte sie etwas gespürt, das auch nur die entfernteste Ähnlichkeit mit dem hier Beschriebenen gehabt hätte. Wenige Wochen nach dieser Entdeckung verstarb ihr Mann. Anfangs wusste sie nicht, was ihr schwerer fiel, ohne einen Mann zu leben oder ohne Arbeit. Sie hatte doch viel Freude an ihrer Arbeit gehabt, als Assistentin an der Hochschule für Bodenkultur, auch wenn sie bisweilen Enttäuschung befiel, dass sie, statt eine akademische Karriere zu machen, die ewige Assistentin bleiben würde; sie war fleißig gewesen, doch hatte es ihr an Durchsetzungskraft gefehlt und an den richtigen Beziehungen.

Die Wohnungstür Nummer 14 lässt sich deshalb nicht sehr weit öffnen, stellt Hedwig fest, weil sie links von einem Karton blockiert wird, vielmehr von einer Säule von Kartons: Der Flur ist vom Boden bis zur Decke angefüllt, nicht nur links, sondern auch rechts; auf niedrigen Schränken stapelt sich Karton neben Karton, Karton auf Karton, bis zum Plafond, nur ein schmaler Weg bleibt dazwischen frei. Hedwig schreckt zurück: am Boden liegt etwas Weiches. Ach, nur ein zusammengeknülltes Hemd; und ein Socken. Hedwig schlängelt sich weiter, entdeckt eine winzige Lücke, eine Nische, in der gerade eben ein Telefon Platz hat; zwei, drei Schritte, dann kommt ein Quergang; Hedwig macht sich klein und dünn, denn zwischen großen und kleineren Schachteln, Säcken, Säckchen wird der Pfad immer schmaler; nach links führt er ins Badezimmer, oder was davon übrig ist: Badewanne, Waschmaschine, alles angeräumt, mit Säcken und Kartons, ihrerseits bis oben hin vollgestopft, Wäschestücke quellen hervor, Kleiderhaken, Schuhstrecker, Bücher, Plastiktragetaschen, Zeitungen, Zeitschriften; nur zum Waschbecken führt ein Weg. Hedwig öffnet einen Oberschrank: Medikamente und Vitamintabletten, fein säuberlich geordnet, fünf Packungen Parkemed, fünf Päckchen Viagra, drei große Tuben Voltaren, etwa zehn Bandagen in verschiedenen Breiten, vier Packungen Vitamin-C-Tabletten, ebenso viele mit Magnesium-Kapseln, Multivitaminbrause, sechs große Pakete Rauscher-Watte – Hedwig schließt den Schrank. Neben dem Badezimmer die Toilette, vollgestapelt mit Toilettenpapier, verschiedene Marken, blau deluxe, weiß dreilagig, gelb, rosa, bunt geprägt. Nach rechts führt der schmale Gang in eine Küche, in der seit Langem niemand mehr gekocht hat, niemand hätte kochen können, beim besten

Willen nicht, und weiter in einen großen Raum, wohl das Wohnzimmer, in dem niemand wohnen kann, unmöglich. Hedwig möchte sich setzen; keine Sitzgelegenheit in dem Raum, fast kein Licht und wenig Luft. Hedwig atmet schwer. Sie schwitzt. Die Fenster sind nicht zu öffnen, nur ein schmaler Streifen eines einzigen Fensters ist frei, sonst: Schränke, verbarrikadiert von Kartons, Säcken, überquellend, aufgetürmt, in mehreren Reihen. Es ist stickig, es ist schwül, es ist düster. Hedwig bahnt sich einen Weg in den letzten Raum: das Schlafzimmer. Fast das gleiche Bild, nur: das Fenster ist frei, denn vor dem Fenster steht ein Bett, daneben ein Tisch, davor ein Stuhl, auf der anderen Seite: ein Schrank, ein hoher, schmaler Schrank. Hedwig klettert über das Bett, mühsam, ihre Knie schmerzen, sie reißt das Fenster auf, klettert zurück. Sie lässt sich auf den Stuhl sinken, ihr Atem rasselt, sie schwitzt in ihrer dünnen Bluse. Auf dem Tisch steht eine Schreibmaschine, »Erika«, ein blütenweißer Bogen ist eingespannt, dazu blaues Durchschlagpapier und wieder ein dünner weißer Bogen. Nur die Anrede ist schon geschrieben:

Liebe gnädige Frau!

Neben der Schreibmaschine: ein Stapel Papier, in Schreibmaschinenschrift dicht beschrieben. Hedwig nimmt das zuoberst liegende Blatt. Seltsam vertraut kommt es ihr vor. Sie nestelt in ihrer Handtasche, sie nimmt den Brief aus dem Umschlag, sie liest, sie vergleicht: Der Brief ist deckungsgleich, auf Punkt und Beistrich. Mit derselben riesigen, schwungvollen Schrift unterschrieben, in Tannengrün.

Liebe gnädige Frau!

Ich würde Sie gerne kennenlernen. Vielleicht habe ich Glück und kann Ihren Vorstellungen entsprechen:

Ich bin pensionierter Angestellter, 69 Jahre alt, fast 190 cm groß, schlank und sportlich, ledig und, wie ich glaube, von heiterer Wesensart.

Liebe gnädige Frau, weil ich telef. schlecht zu erreichen bin (ich befinde mich tagsüber sehr oft außerhalb Wiens, und zu Hause habe ich noch kein Telefon), so bitte ich Sie vielmals, mir einige Zeilen zu schreiben. Auf ein Rendezvous würde ich mich sehr freuen.

Mit vielen herzlichen Grüßen bin ich Ihr

Theodor Prilar

P.S.: Ich bin so wie Sie, alleinstehend und ruhig.

Unter dem ersten Blatt befindet sich ein identischer Brief, unter diesem wieder einer. Hedwig befeuchtet ihren Zeigefinger und zählt die Blätter durch. Es sind siebenunddreißig. Daneben liegt ein Stapel mit ebenso vielen Briefkuverts, hellblau, mit Briefmarken beklebt, fein säuberlich mit der Schreibmaschine adressiert, links oben.

An KURIER, Postfach 40, 1072 Wien, »Das Christkindl«, »Niveau/ca. 40«, »Die Hedibussi666«, »§«, »Musikalisch«, »50/165«, »Maturaniveau«, »197/33766«, »Neues Leben« …

Hedwig sitzt still da, eine ganze Weile, dreht die rosa Rose zwischen ihren Fingern, während sich in ihrem Kopf Gedanken drehen, Teile von Gedanken. Ihr Blick fällt auf ein Foto. Der Mann auf dem Foto zieht sie magisch an. Theodor? Sie dreht das Foto um: Mit vielen herzlichen Grüßen, Theodor. Theodors Gesicht ist schmal, hager, herb, ernst; er trägt eine große Brille, schwarz eingefasst; seine Stirn ist faltenzerfurcht und sein Haar: schütter. Schön ist er nicht, aber groß! Und männlich, sehr männlich. Hedwig leert den Inhalt eines orangen Briefumschlags auf den Tisch: zwanzig idente Fotos, zwanzig Mal Theodor, mit vielen herzlichen Grüßen. Verstohlen und hastig, als könnte jemand sie beobachten, steckt Hedwig ein Foto in ihre Handtasche. Sie fasst Mut. Sie öffnet die Tischlade. Sie zieht zwei Briefe hervor, vielmehr: Durchschläge von Briefen, auf der Schreibmaschine »Erika« geschrieben.

Liebe Frau Else!

Sie haben mich richtig angepackt. Das Bild gefällt mir so gut, dass ich in Sie schon ganz verliebt bin. Ich bitte recht schön, das Foto behalten zu dürfen.

Sicherlich werde ich Ihnen gerne schreiben und Ihre

Briefe noch lieber lesen, nur – diese Korrespondenz darf nicht Selbstzweck sein. Sicher gibt es viele Männer, die eine Frau nur platonisch lieben wollen und für ihr Leben gern lyrische Briefe schreiben. Ich gehöre nicht dazu. Ich bin ein einfacher, gesunder und normaler Mann. Ich stelle mir vor, dass wir uns schreiben und so kennenlernen, später aber müsste schon eine persönliche Bekanntschaft folgen; ich schlage vor: in Form eines gemeinsamen Urlaubs, einverstanden? Wenn sich daraus eine Ehe ergibt, so soll es mich freuen, die Annonce hätte dann ihren guten Zweck erfüllt.

Wie groß und wie alt ich bin, wissen Sie schon. Ich bemühe mich, korrekt durch das Leben zu gehen, und meine Verhältnisse sind, so glaube ich, auch bei strenger Kritik, ordentlich.

Liebe Frau Else, auch ich werde Ihnen im nächsten Brief ein Bild schicken, vielleicht gefalle ich Ihnen auch ein bisschen. Ich sage noch tausend Dank für Ihre Zuschrift, Sie haben mir eine große Freude bereitet; es war ein guter Start, und diesen guten Start wollen wir doch nützen, nicht wahr?

Mit vielen, herzlichen Grüßen
bin ich Ihr
Theodor

Hedwig liest, eifersüchtig, sehnsüchtig, begehrend und – enttäuscht. Der zweite Brief nimmt sich in ihre Hand, ganz ohne ihr Zutun.

Liebe, gute Else!

Vielen, schönen Dank für Ihren lieben Brief. Ich bin sehr glücklich. Ich nehme Sie ganz fest in meine Arme und küsse Sie heftig und lange. Von einem solchen Verlauf habe ich geträumt. Bitte, liebe Else, bleiben Sie so natürlich und auch aktiv – Sie kommen so meiner Vorstellung und Fantasie entgegen – ich lohne es Ihnen, wo und wie ich nur kann.

Liebe Else, für Ihre Einladung bekommen Sie einen Kuss. Ich nehme mit vielem Dank an. Bitte, bitte liebe Else, ich würde dann gerne mit Ihnen sehr viel ganz, ganz allein sein, wir wollen uns gut kennenlernen; bestimmt sind wir dann in der folgenden Zeit viel inniger zueinander …

Else, mein Liebling, vielen, schönen Dank für die zwei Bilder. Sie sind eine hübsche Frau; ich weiß mir nicht zu helfen, ich bin ganz verliebt in Sie –was mein Bild betrifft, so muss ich dazu sagen, dass mein Gesicht nicht ganz deutlich zu sehen ist. Ich habe etwas herbe Gesichtszüge mit einigen Sorgenfalten. Dieser Ausdruck ist aber nur konstitutionell, denn ich bin ein froher Mensch und habe viel Humor. Jedoch zur Vorsicht: Liebe Else, reden Sie sich ein, dass Sie mich auch dann lieb haben werden, wenn ich nur halb so gut aussehe, wie Sie im ersten Augenblick angenommen haben. Was meine Figur anlangt, so wäre ich beleidigt, würden Sie sich nicht selbst und ganz genau von der Identität mit dem Bild überzeugen – meine Mentalität und Vitalität dürften Ihnen gefallen, ich küsse gerne und will zärtlich sein …

Liebe Else, verzeihen Sie mir, wenn Sie können, ich kann nicht anders: Ich nehme Sie in meine Arme, presse Sie fest an mich und küsse Sie lange auf den Mund, auf den Hals und dann sage ich Ihnen leise ins Ohr: Ich liebe »dich«, Else.

Mit vielen herzlichen Grüßen
bin ich »dein«
Theodor

Unter beiden Briefen: die riesige, schwungvolle, männliche Unterschrift in Tannengrün. Hedwig, in Trance, legt die Briefe in die Lade zurück, sitzt da, eine ganze Weile, starrt vor sich hin, während Bilder in ihr entstehen, sehnsüchtige Bilder von nie Erlebtem: männliche Zärtlichkeit, männliche Leidenschaft? Sie nimmt einen der Liebe-gnädige-Frau-Briefe, dreht das Blatt um und schreibt in ihrer winzigen, ordentlichen Schrift auf die Rückseite:

Lieber Herr Theodor,

traf Sie leider nicht persönlich an, entschuldigen Sie vielmals mein Eindringen, aber die Tür stand offen. Bitte rufen Sie mich an, damit wir ein neues Treffen ausmachen können! Ich freue mich auf Sie!

Mit vielen lieben und herzlichen Grüßen,
Ihre Hedwig Nowak

Darunter vermerkt sie ihre Telefonnummer und, nach einigem Zögern, ihre Adresse. Das Blatt lässt sie auf dem Tisch liegen, auf dem Blatt die Rose. Sie verlässt das Schlafzimmer, schlängelt sich durch den Flur. Doch kurz bevor sie die Wohnungstür erreicht: ein quietschendes Knarren, nicht sehr laut. Eine Schranktür? Im Schlafzimmer? Dort, wo sie eben noch gesessen hat? Hedwig erstarrt und lauscht. Da, ein dumpfes Geräusch, als ob etwas fiele, und gleich darauf fällt noch etwas. Mit wenigen Schritten ist Hedwig bei der Wohnungstür. Ihr Herz klopft bis zum Hals. Sich umzusehen wagt sie nicht. Die Aufzugtür steht offen. Hedwig steigt ein und drückt auf »Erdgeschoß«. Nach einer halben Ewigkeit setzt der Lift sich in Bewegung. Als sie vor der Haustür steht, ist sie verwirrt. Sie weiß nicht mehr, wo sie ihr Auto geparkt hat. Es ist heiß. Rock und Bluse und Stützstrümpfe kleben an ihrem Körper. Habe ich überhaupt einen Parkschein ausgefüllt? Soll ich links gehen – oder rechts? Mein Gott, was habe ich nur getan? Hedwig geht nach rechts. Sie entdeckt ihr Auto, nur wenige Schritte entfernt. Sie geht so schnell sie nur kann, die Beine schmerzen; sie schließt das Auto auf, setzt sich auf den Fahrersitz, drückt beide Türschließknöpfe nach unten, ihr Herz klopft heftig, ihr Atem rasselt schwer, ihre Stirn ist schweißnass, ihre blauen Augen geweitet, vor Angst: Was habe ich nur getan.

(Hedwig weiß nicht, dass sie keine Angst haben muss, gar keine Angst. Herr Theodor ist im Keller gewesen, zum Wäschewaschen. Plötzlich und unerwartet, während die Waschtrommel heftig hin und her walzt, verdreht er die Augen. Sein Kopf schlägt hart auf dem Fliesenboden der Waschküche auf. Fast so hart, wie die zwei Köpfe kurz danach auf der Tischplatte aufgeschlagen sind, oben, in seinem Schlafzimmer; zwei harte Köpfe von weiblichen Puppen, lebensgroß; sie haben Schlafaugen und große Münder, die zu einem O geformt sind, offen, rot, einladend; und große, harte Brüste haben sie. Sie sind vornüber aus dem Schrank gefallen, die Puppen, bums, weil ihre Köpfe und Brüste so schwer sind und ihre Körper so luftig leicht.)

12 Uhr 30 bis 14 Uhr,
Nina

Noch nie war es um diese Zeit so heiß!

Wer aber kann sich wirklich erinnern, wie heiß es war, in den letzten Jahren, genau um diese Zeit, und was bedeutet denn überhaupt: um diese Zeit. Ist Pfingsten gemeint, das Fest, das bewegliche, oder das Datum, es könnte noch Mai gewesen sein oder längst schon Juni.

Pfingsten ist gerade vorbei, und längst ist es Juni.

Nina spürt ihre Stirn feucht werden und in ihren Achselhöhlen Perlen von kaltem Schweiß, die abwärts laufen, stockend, unschlüssig über die Richtung ihres Laufes; wie Tränen, an verborgener Stelle geweint. Die Mutter, auf dem Beifahrersitz neben der Tochter, sitzt gebeugt und kerzengerade zugleich; sie zerknüllt, zerpresst, zermalmt ein Papiertaschentuch, einmal in der rechten, einmal in der linken Hand und wieder in der rechten. Die Tochter macht nur wenige Pausen, während sie redet, sachlich, ruhig, fest, in einem fort redet, wie um sich selbst zu beruhigen, und weil es nichts anderes zu tun gibt, außer das Fahrzeug lenken, auf den Verkehr achten, auf die Geschwindigkeit, bei Rot auf die Bremse steigen, anhalten, bei Grün aufs Gaspedal steigen, losfahren. Das Haar der Mutter, kurz, weiß, dauergewellt, klebt dunkel am Kopf, anstatt locker das Gesicht zu umrahmen: blass glänzend, zerfurcht, mit roten Äderchen, die auf den Wangen zu platzen drohen, unter blauen Augen, schon ein wenig gelb vom Alter, tränenlos wässrig. Über etwas ohne Pause reden, um es nur nicht zu denken, Möglichkeiten besprechen, die zu denken unmöglich sind, Gefühle ausschalten durch Aussprechen und immer wieder Aussprechen der Möglichkeiten, nicht mehr als zwei.

Der Anruf ereilte die Tochter am Vormittag, um 10 Uhr 28. Sie stand neben dem verblühenden Jasminstrauch, der in der Junihitze süßlich duftete, und hatte einen Specht im Blickfeld, der in einen hohlen Baumstamm hackte. Während die Anruferin teilnahmslos und unbeteiligt ihre Mitteilung machte und, ehe sie auflegte, sagte, sie möge es der Mutter ausrichten, heftete die Angerufene ihren Blick auf den Specht, und sein Hacken wurde langsamer, bis es erstarrte, oder erstarrte ihr Blick, oder sie selbst, oder hörte ihr Herz auf zu hämmern, während sie sekundenlang dem Denkunmöglichen ausgeliefert war, ungewappnet, denn was hätte sie vor diesem Anruf wappnen sollen. Dann hackte der Specht weiter, oder war es ihr Herz, das wieder hämmerte. Sie ging ins Haus, um die Mutter zu suchen.

Die Mutter stand im Badezimmer und cremte sich das Gesicht ein. Die Tochter sah die Mutter an, die noch weiße Spuren von Hautcreme im Gesicht hatte, und begann zu reden und hörte nicht mehr auf zu reden, um das Denkunmögliche und einzig Denkbare nicht mehr denken zu müssen. Die Mutter, während sie die Tochter reden hörte, erstarrte.

Hier ist eine Kurzparkzone, sagt die Tochter, als sie sich nähern, und fährt rückwärts in eine Parklücke, hier war immer schon eine Kurzparkzone, und die Frage ist, wie lange wir brauchen werden und wie viele Parkscheine ich ausfüllen soll, also ich möchte nicht einen Strafzettel bekommen und einundzwanzig Euro zahlen, besser mehr als weniger, ich fülle jetzt einmal eineinhalb Stunden aus, egal, wie lange es dauern wird. Normalerweise redet sie, um zu wissen, was sie denkt, nun redet sie, um es nicht zu wissen, und die Gedanken kommen tatsächlich nicht. Noch nicht. Denn ihr Kopf ist zum Bersten angefüllt mit erstarrten Gedanken, die sich womöglich in Bewegung setzen werden, sobald sie zu reden aufhört. Ein guter Parkplatz, wir haben Glück, man findet hier um diese Zeit nur schwer Parkplätze, vielleicht hätten wir doch noch einmal die Hausmeisterin anrufen sollen, aber wahrscheinlich weiß die ja auch nicht mehr als wir, wir gehen auf jeden Fall hinein, wir müssen hineingehen. Ja, sagt die Mutter, wir gehen hinein. Und ich bewundere dich, wie du einparkst, mitten in der Stadt, ich könnte das nicht, ich könnte überhaupt nicht in der Stadt fahren, so viel könntest du mir gar nicht zahlen, dass ich das machen würde. In der Mittagshitze des fortgeschrittenen Juni fühlt die Tochter keine Angst, nein, doch sie friert; ein Frieren tritt an die Stelle der Angst, die sie nicht fühlt, ein Frieren wie bei sehr großer körperlicher Anstrengung. Die Mutter hingegen versteckt die Angst in ihren Bewegungen, wie eine Puppe bewegt sie sich, eine Puppe, die, soeben zum Leben erweckt, keine Übung hat im Lebendigsein; mechanisch macht die Mutter, die ein geblümtes Sommerkleid mit Bindegürtel trägt, das an ihrem Körper klebt, einen Schritt nach dem anderen, am Arm der Tochter, die weiter und immer weiter redet, bis sie die Hauseingangstür des Siebzigerjahrebaus erreichen, Stiege II, die Glastür mit dem Metallrahmen. Die Mutter probiert einen Schlüssel ihres Schlüsselbunds. Er passt, doch er sperrt nicht. Sie wischt sich den Schweiß von der Stirn. Ein Mann, der wirkt, als wäre er drogenkrank, drückt auf einen Klingelknopf, der Türöffner surrt, der Mann schubst die Frauen zur Seite und zieht die schwere Tür auf. Die Tochter nimmt schnell den Arm der Mutter und tritt mit ihr in den Hauseingang. Die Tür zum Mülltonnenraum steht weit offen. Geruch nach Fäulnis und scharfem Reinigungsmittel schlägt ihnen entgegen. Die schmalen metallenen Briefkästen der Hausparteien stehen offen, aufgebrochen. Wollen wir mit dem Lift fahren?, fragt die Tochter, und die Mutter nickt, und sie betreten den Lift, um ein Stockwerk höher zu fahren; sie fahren dieses eine Stockwerk, weil sie, wenn sie aus dem Lift steigen, zwei Schritte neben der Wohnungstür stehen werden, die Treppe hingegen, die Treppe mündet unausweichlich in diese Tür.

Als der Anruf sie neben dem duftenden Jasminstrauch ereilte und die Anruferin ihr teilnahmslos mitteilte, die Hausmeisterin habe sich bei ihr gemeldet, weil Hausbewohner sich über einen merkwürdigen Geruch im Stiegenhaus beklagt hätten, spülte die Erinnerung einen Anruf in ihr hoch, einen Anruf, den sie vier Tage zuvor entgegengenommen hatte; es war ein Anruf ohne Anrufer gewesen, ein stummer, stimmloser Anruf, der sie, zusammen mit dem merkwürdigen Geruch im Stiegenhaus, Sekundenbruchteile lang dem Denkunmöglichen auslieferte. Dass es nur genau diese zwei Möglichkeiten gab, die auch die Mutter Sekundenbruchteile lang dachte, ehe sie erstarrte, weil sie gerade ihr Gesicht eincremte und sich nicht wappnen konnte. Merkwürdiger Geruch, was konnte das schon bedeuten, dachten sie beide und sahen sich an, und eine von ihnen sagte es laut. Entweder werden wir eine Leiche finden, dachten sie beide, oder zwei Leichen, und die andere von ihnen sprach es aus.

Ich kann nicht hineingehen, sagt die Tochter, als sich die Lifttür hinter ihnen schließt. Ich kann es auch nicht, sagt die Mutter. Schweißgebadet frierend stehen sie da. Die Tochter läutet an der einen Nachbarstür. Stimmen, Schritte. Stille. Niemand öffnet. Sie läutet an der anderen Nachbarstür, Dr. S., praktischer Arzt. Ein surrender Türöffner lässt sie ein. Die Tochter klopft an die Tür mit der Aufschrift »Sprechzimmer«. He, Sie da, nicht vordrängen! Es ist aber ein Notfall. Ich bin auch ein Notfall!, sagt der Mann, der wirkt, als wäre er drogenkrank. Sehen Sie nicht, meine Mutter ist am Zusammenbrechen. Das ist mir herzallerliebst egal! Wir haben aber nur eine kurze Frage. Jaja, und ich brauch auch nur ein Rezept! Die Tür zum Sprechzimmer geht auf, eine alte Frau kommt heraus, die Tochter schiebt die Mutter hinein. Ein riesiger Schreibtisch, darauf ein leerer Rezeptblock, dahinter ein Mann unbestimmten Alters, das Gesicht rot, aufgedunsen, Dr. S. Können Sie uns bitte sagen, was nebenan passiert ist, ich bin die Schwester, und das ist meine Mutter. Dr. S. bietet keinen Platz an und kein Glas Wasser und er hat auch nichts gehört und gesehen und weiß auch nichts, der Verstorbene habe sich nur hin und wieder ein Rezept bei ihm geholt, sagt Dr. S. unbewegt, sonst habe er ja gar keinen Kontakt zu ihm gehabt, außer vielleicht im Stiegenhaus, ab und zu. Und seine Frau, ist die auch

– Nein, die ist seit Langem verreist, sagt Dr. S., der nichts gehört und gesehen hat und nichts weiß, in ihre Heimat, Persien, die Frau schreit ohnehin immer nur herum, spielsüchtig ist sie auch. Besser, Sie gehen da jetzt nicht hinein, das ist kein schöner Anblick, so eine Leiche, vermutlich fortgeschrittener Verwesungszustand, die tagelange Hitze, wissen Sie, noch nie war es um diese Zeit so heiß. Vielleicht war die Feuerwehr schon da, vielleicht auch nicht. Könnten Sie, könnte ich ..., sagt die Mutter. Am besten, Sie besorgen sich irgendwo etwas zu trinken und ein Beruhigungsmittel, unterbricht Dr. S. die Frau, an der ein geblümtes Kleid klebt und in deren Kopf sich das, was bis zu diesem Augenblick trotz allem eine Möglichkeit gewesen ist, zu einer Gewissheit formen muss. Mein Warteraum ist voll, wissen Sie, ich weiß nichts, vielleicht weiß die Polizei etwas. Er nennt die Adresse, ein paar Gassen weiter, und komplimentiert sie hinaus, mit einer müden Handbewegung. Der Drogenkranke drängt ins Sprechzimmer. Der Warteraum ist leer. Hinter den beiden Frauen fällt die Ordinationstür ins Schloss. Sie machen zwei Schritte und stehen vor der Tür der Wohnung, hinter der ein lebloser Körper liegt oder nicht mehr liegt, der ein Bruder, ein Sohn gewesen ist, so lange, bis Dr. S. *der Verstorbene* gesagt hat. Was machen wir jetzt, sagt die Tochter und hört auf zu reden, und augenblicklich setzen sich die erstarrten Gedanken in Bewegung. Auf dem Türschild bleiben ihre Blicke hängen. Diplomingenieur. Wir müssen seinen Titel auf die Parte schreiben, denkt sie, er wollte dazugehören, bis zuletzt wollte er dazugehören. Die Füße der Mutter bewegen sich mechanisch, stocken von Zeit zu Zeit, unschlüssig über ihre Richtung, wie die kalten Perlen von Schweiß am Körper der Tochter. Was machen wir jetzt, sagt sie. Jetzt gehen wir zur Polizei, sagt die Tochter, wir gehen jetzt zur Polizei, und dann sehen wir weiter. Was würde ich ohne dich nur tun, ich würde das nicht durchstehen, ich weiß nicht, wie ich das durchstehe. Die Tochter legt den Arm um die Mutter. Wieder schwemmt ihre Erinnerung einen Anruf ins Bewusstsein, gnadenlos.

Hier spricht dein Bruder!, sagte der Anrufer, und weil sie im Klang seiner Stimme, im unnatürlich gehoben gespannten Tonfall, seinen manischen Zustand hörte oder Drogen oder beides, verspürte sie augenblicklich den Drang, sich die Ohren zu verschließen. Nichts hören, nichts sehen, nichts wissen, nie etwas gewusst haben. Ein Sträuben war in ihr, beklommen und gereizt, mitleidig und unwillig, ohnmächtig. Heute ist der 16. März! Ich weiß, sagte die Schwester. Heute feiere ich meinen fünfzigsten Geburtstag!, sagte er, und es zerriss ihr beinahe das Herz. Ich weiß, sagte sie. Kannst du mir Geld geben, zum Geburtstagfeiern?, fragte der Bruder. Ich hab dir eine Geburtstagskarte geschickt, sagte die Schwester. Und dreißig Euro, fügte sie hinzu und schämte sich und rechtfertigte sich, dass man Menschen wie ihm nicht zu viel auf einmal geben durfte, das sagten alle: Man darf so jemandem nicht zu viel Geld auf einmal geben, das schadet ihm nur. Dreißig Euro!, rief der Bruder aus. So viel ist dir dein Bruder wert! Ist deine Frühpensionierung bewilligt worden?, fragte die Schwester. Ja!, sagte der Bruder, der arbeitslose, verkrachte Spätakademiker ist frühpensioniert! Und wo ist überhaupt deine Frau?, fragte die Schwester. Verreist!, sagte der Bruder, ich habe da eine kleine Feier! Willst du nicht kommen und mit deinem Bruder seinen fünfzigsten Geburtstag feiern? Das Geld kommt bestimmt morgen, sagte die Schwester.

Der Beamte auf dem Polizeiposten zeigt Mitgefühl. Er reicht der Mutter ein Glas Wasser und bietet ihr einen Stuhl an und räuspert sich. Danke schön, sagt sie und setzt sich und sinkt in sich zusammen. Der Beamte hat den Fall noch nicht auf dem Tisch, doch der Bericht ist unterwegs. Warten Sie bitte, sagt er zu der Tochter, die sich neben die Mutter setzt und den Arm um sie legt. Sie warten. Sie frieren. Sie schweigen. Der Beamte winkt die Tochter zu sich. Ich mache das, sagt die Tochter, als die Mutter aufstehen will. Die Tochter antwortet auf Fragen. Der Beamte nimmt Daten auf. Wie ist er denn – und wann – hat man ihn schon –. Sensengasse, sagt der Beamte und sieht sie nicht an, die Leiche ist in die Sensengasse gebracht worden, zur Obduktion. Wir gehen von Selbstmord aus, vor drei bis vier Tagen etwa, der tatsächliche Todeszeitpunkt ist nicht mehr feststellbar, die Verwesung ist zu weit fortgeschritten. Als Todeszeitpunkt, fügt der Beamte hinzu und räuspert sich noch einmal, gilt in solchen Fällen der Zeitpunkt der Auffindung. Die Tochter versucht zu denken. Sensengasse. Leiche. Obduktion. Sie kann keine Verbindung herstellen zwischen dem Wort Leiche und ihrem Bruder. Vor etwa drei Tagen … Ein Bild breitet sich in ihr aus, unerbittlich, bis es sie restlos ausfüllt, das Bild eines Mannes, etwa fünfzig, gleich hinter einer Wohnungstür, auf der ein Schild prangt »Diplomingenieur«; der Mann kauert auf dem Boden neben dem Telefonkästchen und wählt eine Nummer und kann nicht mehr sprechen oder will es nicht mehr und die Leitung bleibt tot. Todeszeitpunkt. Von dem, was der Beamte gesagt hat, ist nichts zur Mutter vorgedrungen. Zusammengesunken sitzt sie immer noch auf dem Stuhl. In ihrem Kopf ist ein Tosen, ein gnädig gedankenleeres Tosen, das die Wahrnehmung vorübergehend lähmt. Fahren Sie jetzt nach Hause, Sie können nichts tun. Ach, hier habe ich noch einen Zettel für Sie, scheint ein Abschiedsbrief zu sein. Die Tochter steckt den Zettel ein und nimmt die Mutter am Arm und verlässt mit ihr den Polizeiposten und möchte wieder reden, um nicht an die anderen Anrufe denken zu müssen, doch sie kann nicht mehr reden.

Kurz nach dem fünfzigsten Geburtstag des Bruders dachte sie: Morgen rufe ich ihn an, ich lade ihn ein. Am übernächsten Tag hatte sie ihn nicht angerufen und nicht eingeladen. Morgen, dachte sie ein paar Tage später, oder waren es Wochen, morgen rufe ich an und besuche ihn. Und wieder ein anderes Mal dachte sie: Gleich morgen rufe ich an und treffe mich mit ihm. Am Pfingstsamstag schließlich, als der Anruf kam, totenstill, da dachte sie an den Bruder und rief ihn nicht an und dachte nicht mehr: Morgen rufe ich ihn an. Wie immer, wenn er aus überweiten, überhellen Höhen in die Wirklichkeit gestürzt war, gefangen hinter unaufschließbaren Türen, hatte er gebeten, in Ruhe gelassen zu werden. Sie hielt sich daran, dieses Mal, und dieses eine Mal hielten sich alle daran, mit einer Art von Erleichterung, die beklommen war, bleischwer.

Die beiden Frauen gehen die Straße hinunter in Richtung Auto. Die Sonne brennt von einem wolkenlos blauen Himmel. Wir müssen uns jetzt irgendwo hinsetzen, sagt die Tochter, bevor sie beim Auto angelangt sind, und etwas trinken. Ja, sagt die Mutter. Sie betreten einen Eissalon, setzen sich in einen schattigen Innenhof. Sie bestellen Mineralwasser. Die Tochter nimmt den Zettel aus der Tasche. Steil aufgerichtet stehen schwarze Buchstaben auf dem Papier, die verzweifelt Würde wahren möchten und Größe zeigen; kindlich rund und niedergedrückt, unruhig und mühsam beherrscht richten sie sich an die Frau, die geliebte, die hoffnungslos verreist ist, seit Langem. *Ich habe dich mit meinem ganzen Herzen geliebt. Jetzt möchte ich niemandem mehr zur Last fallen.* Auf der Rückseite des Zettels ein Auflisten von Habseligkeiten, was damit geschehen soll, Gedankenfetzen. Von Zeile zu Zeile zerbrechen die Buchstaben, zerlösen sich, zerfällt die Schrift, ersterbend. Keine Unterschrift. Selbstauslöschung. Was, fragt die Mutter nach einer ganzen Weile, was steht in dem Abschiedsbrief? Die Haare kleben an ihrem Kopf und das geblümte Kleid an ihrem Körper. Schau, sagt die Tochter, frierend, bis zuletzt hat er an dich gedacht. Hier unten, ganz links, da steht: *Mutti, Danke für alles.* Aus wässrig blauen Augen laufen lautlos Tränen. Die Tochter legt den Arm um die Mutter. Zahlen, sagt sie nach einer Weile und hilft der Mutter aufzustehen. Als sie sich dem Auto nähern, sieht sie von Weitem schon den Strafzettel, zwischen Windschutzscheibe und Scheibenwischer eingeklemmt. Sie öffnet der Mutter die Autotür, unerträgliche Hitze schlägt ihnen entgegen. Sie nimmt den Strafzettel, steigt ein und kurbelt die Fenster herunter. Sie startet den Motor und fährt aus der Parklücke. Sie müssen um den Häuserblock, vorbei an der Wohnung, die sie nicht betreten haben. Eine Ampel, noch eine Ampel. Die Tochter sieht kurz nach oben. Ein Windstoß weht den Geruch von Verwesung aus den weit offenen Fenstern der Wohnung ins offene Fenster des Autos. Aus den blauen Augen der Mutter laufen noch immer Tränen.

Die Tochter der Mutter und Schwester des Bruders wird erst später weinen; sehr viel später erst, in einem Konzertsaal; im Stück Nummer vierzehn eines selten aufgeführten barocken Werkes wird es sie treffen, unvorbereitet; sie wird keine Möglichkeit haben sich zu wehren, nicht gegen die Musik und nicht gegen die Worte; Tränen werden fließen, endlich, unverborgen.

Darius great and good,
By too severe a fate,
fall'n from his high estate,
and welt'ring in his blood,
on the bare earth expos'd he lies,
with not a friend to close his eyes.

Im abschließenden Polizeibericht wird stehen: Die Wohnung befand sich in einem sorgfältig aufgeräumten, äußerst sauberen Zustand. Mülleimer entleert, Geschirr abgewaschen. Dokumente und

Papiere geordnet auf dem Küchentisch, daneben ein Abschiedsbrief. Keine Anzeichen von Gewaltanwendung. Blutspuren im Badezimmer, im Eingangsbereich neben dem Telefonkästchen sowie in der Küche, wo vermutlich der Abschiedsbrief geschrieben wurde. Weiters im Schlafzimmer. Hier wurde die männliche Leiche aufgefunden, zusammengekauert auf dem Holzfußboden, unbekleidet, neben dem sorgfältig gemachten Bett. Die genaue Todesursache konnte nicht festgestellt werden, da der Verwesungszustand bereits stark fortgeschritten war, wegen der für diese Jahreszeit ungewöhnlich großen und tagelang anhaltenden Hitze.

14 bis 15 Uhr 30,
Maira

In case of loss, please return to:

Den Namen und die Adresse, mit Handschrift eingetragen, kann Maira vorerst nicht entziffern, darunter jedoch steht ebenso klar und deutlich vorgedruckt:

As a reward:

Und wieder handschriftlich eingesetzt: *One Euro.*

Maira blättert um, wendet die Seiten, und zwischen den Seiten, gleich unter dem Schmerz, der sie an diesen Ort getrieben hat (in diesen Park, auf diese Bank), keimt und wächst vorsichtig Neugier, auf das, was hier auf sie gewartet hat, unerwartet; denn wenn Maira überhaupt etwas erwartet hätte, auf einer leeren Parkbank, dann ein leeres Wurstsemmelpapier, einen leeren Burger-Karton mit Ketchup-Resten, einen leeren Kaffeepappbecher, jedenfalls kein Notizbuch; und wenn schon ein Notizbuch, dann hätte sie Handschrift darin erwartet, handgeschriebene Wörter und Sätze, keineswegs das, was sie findet: Bleistiftskizzen, seitenweise, Skizzen von Frauenkörpern, mit geübten Strichen zügig hingeworfen, splitternackte weibliche Körper und Teile von solchen Köpern, Nahaufnahmen. Neugier legt sich über Mairas Schmerz, behutsam und flächendeckend wie ein Stück Rollrasen sich über nackte, frisch umgegrabene Erde legt. Behutsam streicht Maira über das glatte cremefarbene Papier, schließt das Buch, spannt den schwarzen Gummi darüber, klatsch, fährt mit den Fingerkuppen über die abgerundeten Ecken, mit der Handfläche über den schwarzen, glatten Einband, riecht daran, schade, kein Leder. Ihr Zeigefinger tastet die dezente Prägeschrift ab, auf der Rückseite, ganz unten: *Moleskine*. Jemand hat das Notizbuch hier liegen gelassen. Wer? Ein Künstler. Oder eine Künstlerin. Absichtlich oder unabsichtlich? Wieder öffnet Maira das Buch. Name und Adresse des Verlierers oder Zurücklassers, männlich oder weiblich, sind dünn mit Kugelschreiber geschrieben, flüchtig, hastig, schräg, und die Buchstaben kleben eng aneinander. Maira verengt die Augen zu Sehschlitzen. Mike? Kann das Mike heißen? Hoffer. Mike Hoffer. Mariahilfer Straße. Was hat das schwarze Buch voller nackter Frauenkörper ausgerechnet auf dieser Parkbank zu suchen, auf die ausgerechnet sie sich gesetzt hat, rein zufällig. Im Augarten weibliche Akte zeichnen, absurd, obwohl. Es muss kurz davor gewesen sein. Ja. Er, dieser Mike, muss einen nackten Frauenkörper gezeichnet haben, in der Wohnung dieses Frauenkörpers, wahrscheinlich ganz in der Nähe, kurz bevor er das schwarze Notizbuch liegen gelassen hat oder vergessen, genau hier. Vielleicht ist er es ja noch: ganz in der Nähe. Die Vorstellung des Zeichen-Aktes, des Akt-Zeichnens beschäftigt Maira, bemächtigt sich ihrer Aufmerksamkeit, bis nichts mehr davon übrig ist, bis sie vergisst, warum sie hier sitzt, auf dieser Bank, in der ungewöhnlich heißen Junisonne, bis sie sich selbst vergisst oder vergessen lässt. So kommt es, dass Mairas Wahrnehmung vorerst sanft über den Mann hinweggleitet, der an einem Baum lehnt, ganz in der Nähe, und über das Fahrrad neben ihm. Tränen, die sie hinter der Sonnenbrille geweint hat (die fast ihr ganzes Gesicht bedeckt), ehe sie das schwarze Notizbuch neben sich auf der Parkbank entdeckt hat, versiegen fast plötzlich, wie die automatische Beregnungsanlage auf dem frisch verlegten Rollrasen versiegen würde, wenn jemand den Zufluss unterbrochen oder den Timer verstellt hätte. Maira öffnet das Buch auf der Seite mit dem lila Seidenbändchen. Sie spürt die Nachmittagshitze, für die Jahreszeit zu heiß, sie spürt das weiße T-Shirt an ihrem Oberkörper kleben, auch die dünnen weißen Jeans auf und zwischen ihren Oberschenkeln spürt sie, auf und zwischen ihren Pobacken, sie spürt die schwarzen Ballerinas eng an ihren nackten Füßen. Die eben noch brennenden Augen hingegen spürt sie nicht, sie sind schmerzfrei, lokal betäubt, gekühlt durch den rasch sprießenden Rasen der Neugier.

(Empfindest du überhaupt noch was für mich?

Ja.

Ja?

Aber Liebe ist es sicher nicht.

Da ist sie aufgestanden, ruckartig, vom sonnenbeschirmten Tisch auf dem schmalen Balkon seiner Wohnung, ganz in der Nähe; ohne den frisch gekauften Marmorkuchen gegessen und den Kaffee getrunken zu haben, ist sie wortlos gegangen; niemand hat sie aufgehalten; im Stiegenhaus hat sie einen Knopf gedrückt und auf einen Aufzug gewartet; ist eingestiegen, nach unten gefahren und hat sich in ihr Auto gesetzt, dem Balkon gegenüber; von den eineinhalb Stunden Parkzeit auf dem grünen Parkschein waren erst fünfzehn Minuten verbraucht; so ist sie wieder ausgestiegen und in Richtung Park gegangen; dabei hat sie einen Blick nach oben geworfen, zum Balkon, auf dem sie nur den sonnengelben Sonnenschirm gesehen hat, aufgespannt, sonst nichts und niemanden; auch als sie sich noch einmal umgedreht hat, auf dem Weg zum Parkeingang, hat sie auf dem Balkon keinen Menschen gesehen, niemanden, der ihr mit Blicken gefolgt wäre oder ihr etwas zugerufen hätte; und ihr Handy ist stumm geblieben, obwohl sie es nicht auf lautlos gestellt hat; sie hat es abgeschaltet, um nicht zu wissen, nicht schmerzhaft daran erinnert zu werden, dass niemand sie zurückruft.)

Auf der Seite mit dem lila Seidenbändchen findet Maira keinen Frauenkörper, sondern ein Männergesicht, nicht mit Bleistift skizziert, sondern aquarelliert; ein junger oder nicht ganz mehr so junger Mann, halbkurz geschnittene Haare, dunkel, fast schwarz; die Haut fleckig, die eine Gesichtshälfte bläulich grau, die andere orange, wie beleuchtet, ganz schlecht beleuchtet; die Augen braun, der Mittelpunkt rot, das linke Auge größer als das rechte; Selbstporträt? Die Lippen, nur zwei weinrote Tupfen zwischen heruntergezogenen Mundwinkeln, zittern wie kurz vor einem Weinen, oder einem Lachen? Mairas Aufmerksamkeit richtet sich wieder nach außen, ausgelöst, vielleicht, von diesem Männergesicht; sie sieht sich unvermutet in der Blicklinie eines Mannes, der sich und sein Fahrrad an einen Baum gelehnt hat. Was wäre, denkt Maira, was wäre, wenn er das wäre; sieht er nicht ein klein wenig so aus wie der Aquarell-Mann; der wiederum vielleicht ident ist mit dem Mann, der die nackte Frau gezeichnet hat, ganz in der Nähe, und auch noch viele andere nackte Frauen. Er hat, weiß Maira ganz plötzlich, das Skizzenbuch mit Absicht hier liegen gelassen. Oder gar hingelegt? Ausgelegt, als Köder, damit sie, Maira, es finden sollte. So und nicht anders muss es gewesen sein. Er beobachtet diese Bank, oder? Hätte jemand anderer sich hierher gesetzt, jemand anderer das Notizbuch gefunden und Anstalten gemacht, es einzupacken, eine alte Frau zum Beispiel oder ein junger Mann, wäre er da nicht plötzlich aufgetaucht und hätte gesagt: Entschuldigen Sie, das ist mein Buch, Gott sei Dank habe ich es noch rechtzeitig bemerkt – danke, dass Sie es mir zurückbringen wollten! Schönen Tag!

Dann hätte er das Buch an sich genommen, sich auf sein schwarzes Steyr Waffenrad geschwungen, elegant, und wäre verschwunden, auf Nimmerwiedersehen.

Maira kann nicht erkennen, ob der Mann sie tatsächlich ansieht oder nicht ansieht, denn sie ist kurzsichtig, doch tut das etwas zur Sache? Er trägt eine runde Brille, ein Metallbügel blitzt in der Sonne; das dunkle Haar hat er in einer seltsam altmodischen Art nach hinten frisiert; überhaupt, macht nicht seine ganze Gestalt einen unzeitgemäßen Eindruck? Die weite Hose, das weiße Hemd mit den hochgerollten Ärmeln, die breiten Hosenträger? Der Rucksack? Dazu das schwarze Fahrrad? Er kann, denkt Maira nun wieder, das Buch unmöglich als Köder ausgelegt haben. Wäre es tatsächlich seine Absicht gewesen, sie in eine Art Falle zu locken, wäre er dann nicht aufgetaucht, spätestens: jetzt, und hätte sich zu ihr gesetzt, mit den Worten: Und gefallen Ihnen meine Zeichnungen?

Er hätte sie in ein Gespräch über die große Hitze verwickelt, die seit Tagen herrscht, wäre ihr nähergеkommen, hätte sie wie zufällig berührt, ihren nackten Unterarm gestreift; hätte Interesse an ihr gezeigt oder vorgetäuscht, sie vom braunen Kurzhaarkopf abwärts gemustert, sich ihre Geschichte angehört, wie und warum sie wohl hier auf dieser Bank zu sitzen kam; hätte ihr im geeigneten Moment gesagt, wie schön sie sei; wie gern er sie zeichnen würde; sie überredet, Modell zu stehen, nackt. Aber warum hätte er sie ausgerechnet hier gefragt, im Augarten, bis zur Mariahilfer Straße ist der Weg weit, und noch dazu mit dem Fahrrad. Nein, denkt Maira, der möglicherweise unzeitgemäße Mann, der am Baum lehnt, kann nicht der Aquarell-Mann sein.

Sie spannt den Gummi um das schwarze Notizbuch, sucht und findet einen Platz in ihrer Handtasche und erblickt ihr Handy, das augenblicklich ein Loch in den kühlen Rollrasen bohrt, ganz tief, bis zum Schmerz; sie erliegt der Versuchung, ihr Handy einzuschalten. Sie tippt den Pincode ein: warten, mit pochendem Herzen warten, keine SMS, keine Anrufe in Abwesenheit, keine neuen Nummern. Enttäuschung, vorläufig. Noch eine Minute wartet sie. Manchmal erscheinen Nachrichten erst mit Verzögerung auf dem Display. Diesmal endgültig nicht.

Als Maira den Blick hebt, ist der Mann mit dem Fahrrad verschwunden, spurlos, als wäre er nie da gewesen. Sie spürt das Brennen der Sonne auf ihrem

Gesicht und das Brennen in ihren Augen und fasst einen Entschluss.

Beim Auto angekommen stellt sie fest, dass der sonnengelbe Sonnenschirm heruntergeklappt ist, der Balkon ausgestorben und das Guthaben auf ihrem Parkschein noch immer beträchtlich. Sie schaltet ihr Handy aus, kramt das Notizbuch hervor, prägt sich die Hausnummer in der Mariahilfer Straße ein; das Haus muss stadtauswärts sein, auf der linken Seite.

In einer Seitengasse gegenüber der angegebenen Adresse findet Maira einen Kurzparkplatz.

Noch dreißig Minuten Kurzparkzeit.

Sie überquert die Mariahilfer Straße und hält Ausschau nach Stiege III. Von Stiegen, die zur selben Hausnummer gehören, scheint es hier zu wimmeln. Stiege V, Stiege II, Stiege I, Maira ist verwirrt, was mache ich hier, Stiege III, endlich. Eine lange Reihe von Namensschildern mit messingfarbenen Klingelknöpfen, Mike Hoffer, Mairas Blick wandert suchend von unten nach oben und wieder nach unten, kein Mike Hoffer. Neben der angegebenen Türnummer im sechsten Stock steht: Lucien Lachner, darunter: ein leeres Namensschild. Sie starrt auf die erste Seite des Skizzenbuchs. Nein, Lucien Lachner kann das unmöglich heißen. Sie ist erleichtert und enttäuscht zugleich. Ihr Herz pocht heftig; das Herzpochen steigt allmählich höher, bahnt sich einen Weg durch ihren Hals; als es in ihrem

Kopf angekommen ist und laut dröhnend den Verkehrslärm auf ein leises Rauschen reduziert, drückt sie auf den richtigen Klingelknopf, hinter dem ein falscher Name steht.

Aus dem winzigen Lautsprecher kommt: nichts.

Ich kann, blitzt es in diesem Augenblick durch Mairas dröhnenden Kopf, kein appetitlicher Anblick sein, verschwitzt, sonnengerötet, da muss doch ein McDonald's sein, ganz in der Nähe.

Ja bitte?, sagt jetzt eine männliche Stimme.

Maira macht kehrt und flüchtet.

Das beste an McDonald's, denkt Maira, sind die Toiletten; flächendeckend anzutreffen, öffentlich zugänglich, mit Glück sogar sauber; heute hat sie Glück; eine hellblaue Putzfrau beendet gerade ihre Arbeit. Maira reißt im Vorraum ein paar Papierhandtücher aus dem Spender, befeuchtet zwei davon mit Wasser, schließt sich in einer Kabine ein; entledigt sich ihrer Jeans, ihres Spitzenslips, wischt mit den feuchten Papierhandtüchern die eigene Feuchtigkeit weg, gründlich, zwischen ihren Schenkeln aufwärts, bis zu den Schamlippen; fährt mit trockenen Handtüchern nach, spült die Tücher hinunter; zieht ihre Jeans an, verstaut den Slip in der Handtasche; quetscht dann im Vorraum künstlich riechende Flüssigseife aus dem Spender, Ärzteseife?, lässt Wasser über die Hände rinnen, wäscht sich kalt das Gesicht und die brennenden Augen; schlüpft aus den Schuhen und wischt mit Papier die Füße ab; schaltet den Handtrockner ein und versucht, unter dem warmen Gebläse ihr verschwitztes T-Shirt trockenzukriegen; zieht das T-Shirt hoch, lässt den warmen Lufthauch durch weiße Spitze auf die Haut ihrer Brüste blasen, spürt, wie sich die Spitzen, die anderen, angeblasen aufrichten; frisiert mit den Fingern beider Hände ihre Naturwellen, die braunen, kurz geschnittenen; zieht mit einem beinahe farblosen Stift ihre Lippen nach, betupft sie mit beinahe farblosem Lipgloss, so, dass sie immerfeucht aussehen.

Draußen, auf der Straße, wo ihr neuerlich Hitze entgegenschlägt, bleibt sie: nicht standhaft; widersteht der Versuchung, ihr Handy einzuschalten: nicht; nimmt das Enttäuschtsein vorweg und entkommt ihm: doch nicht.

Wenig später drückt Maira wieder auf den Klingelknopf, diesmal länger als vorhin, mit Nachdruck, entschlossen.

Ja bitte?

Die männliche Stimme klingt rau und ein wenig ungeduldig.

Ich –

Ja?

Sind Sie Herr Hoffer? Mike Hoffer?

Nein.

Wohnt er vielleicht bei Ihnen?

Gott sei Dank nicht.

Aber –

– aber gleich nebenan, ich glaube, er ist nicht da, was wollen Sie denn von ihm?

Ich möchte ihm etwas zurückgeben, er hat –

Aha, kommen Sie rauf, sechster Stock, es ist die Tür gegenüber dem Lift.

Die Ungeduld ist aus der rauen Stimme verschwunden, stattdessen glaubt Maira Belustigung zu hören, Belustigung?

Als der Türöffner schnurrt, stemmt Maira sich mit voller Wucht gegen die schwere Tür aus geschmiedetem Eisen und Glas. Dann steht sie in einem schwarz und weiß gefliesten Gang, unschlüssig; soll ich den Aufzug nehmen oder zu Fuß gehen, nein, ich gehe zu Fuß, nein, ich nehme den Aufzug.

Maira drückt einen Knopf: Aufzug rufen! und wartet. Die Holzkabine im eisernen Käfig bewegt sich nach unten, träge, ächzend. Das schwarze Gitter öffnet sich geräuschvoll, dann die Tür. Maira nimmt auf der schmalen, hohen Holzbank Platz, von Spiegeln umgeben, edler Facettenschliff; ihre Füße berühren kaum den Boden, so hoch ist die Bank. Das Gitter schließt sich wieder, dann die Tür. Träge ächzend bewegt sich der Aufzug nach oben, langsam, sehr langsam. Maira steht auf, betrachtet sich von allen Seiten, zweiter Stock, sie zupft ihre Haare zurecht, zieht ihre Jeans nach unten, so weit, dass zwischen Hose und T-Shirt ihr Bauchnabel sichtbar wird und ein Stück ihrer schlanken Mitte, dritter Stock, sie schiebt ihre Sonnenbrille nach oben, fühlt die Stimme, männlich, nicht besonders tief, rau, vierter Stock, sie greift unter ihr T-Shirt, löst am Rücken den Verschluss ihres Büstenhalters, zieht ihn nach unten weg, fünfter Stock, und stopft ihn hastig in ihre Handtasche, sechster Stock, schiebt die Sonnenbrille nach unten, auf ihre Nase.

Hi, sagt der Mann, der in der offenen Tür lehnt, abwartend, hallo, sagt Maira, sieht hellgraue Jeans, eng an einem schlanken Körper, nackte Füße, Haut, sonnengebräunt, unter einem weißen Hemd, nicht zugeknöpft, Lippen, dunkle Haare, grau meliert, braune Augen, Mundwinkel, belustigt nach oben gezogen. Maira spürt ein leichtes Brennen, an der Stelle, wo die zwei engen Röhren ihrer Jeans zusammengenäht sind; und einen imaginären warmen Lufthauch unter ihrem T-Shirt, das sich anfühlt, als würde es nach vorne abheben; sie kramt nach dem schwarzen Buch; was, wenn die weißen Dinger irrtümlich herausrutschen, spürt Hitze in ihr kalt gewaschenes Gesicht steigen.

Sie streckt dem Mann das schwarze Buch entgegen.

Ah, mein Skizzenbuch! Danke!

Aber wieso –

Möchten Sie nicht reinkommen? Ich mache gerade Kaffee.

Maira tritt ein, wortlos, der Mann schließt hinter ihr die Tür, berührt leicht ihre Schulter.

Entschuldigen Sie, ich bin schrecklich unhöflich: Lucien.

Er beugt sich über ihre rechte Hand, formvollendet, streift sie flüchtig mit seinem Mund.

Maira.

Schöner Name, ungewöhnlich.

Der männliche Blick gleitet von ihrer Mitte nach oben, bleibt auf halbem Weg hängen, an den Spitzen, die sich durch das dünne T-Shirt bohren, streicht über ihr Gesicht, um wieder nach unten zu schweifen und sich in ihrem Bauchnabel zu versenken.

Maira schluckt, ihr Herz schlägt langsam, unmittelbar unter ihrem Kinn.

Sehen Sie sich in Ruhe um, Maira, sagt der Mann, der Lucien heißt, ich serviere den Kaffee auf der Terrasse.

Er biegt in die winzige Küche ab, rechts neben dem Eingang.

Maira streift ihre Schuhe ab; das nackte Holz unter ihren Füßen fühlt sich samtig an und warm; sonst ist es kühl im Raum, luftig, hell; an den Wänden hängen riesige Bilder, Farbflächen eigentlich nur, grün, rot, hellblau, schwarz, mit verschwindend kleinen Elementen, die sie nicht deuten kann; ein riesiger runder Tisch, modern, mit alten Stühlen verschiedener Herkunft, Stilmix; eine Kredenz, Gründerzeit; ein Sofa mit übergeworfenen Decken, zu kurz, zu schmal, denkt Maira plötzlich, wofür? Eine kleine Treppe endet in einem noch größeren Raum, von oben lichtdurchflutet; an der Schwelle schreckt Maira zurück, vor dem heillosen Durcheinander des Ateliers.

Wer ist Lucien und wer ist Mike und wer von beiden ist der Künstler und was mache ich eigentlich hier?

Das mit Mike erkläre ich Ihnen noch, ruft der Mann aus der Küche, machen Sie es sich inzwischen auf der Terrasse bequem.

Kann er meine Gedanken lesen?

Mit bloßen leichten Füßen nimmt Maira die drei Stufen zur Tür, die ins Freie führt: wunderschön! Ein paar Stufen nach unten. Maira steht auf der Dachterrasse: riesig! Blühende Pflanzen in Töpfen, kleine Bäume in Trögen, Blick auf die dunstige Stadt und, am hinteren Ende, ein Möbel; Maira bewegt sich in Richtung des Möbels; das Möbel ist halb rund, aus dunklem Geflecht, Wasserhyazinthe?, in der Größe eines Bettes, eines Doppelbettes; die Matratze ist hell und sicherlich weich, beschattet von einem Sonnensegel, das sich halb rund darüberwölbt; Maira setzt sich an den Rand, die Matratze ist hart; Maira rutscht rückwärts, bis sie anstößt, zieht die Beine an, fühlt sich wie in einer: Muschel.

Erst jetzt bemerkt sie hinter Büschen einen Holztisch mit vier Stühlen.

Der Mann balanciert ein Tablett: zwei Gläser ohne Stiel, Kaffee zwischen Schichten von Milchschaum; zwei Stielgläser; eine Flasche Prosecco.

Gut gewählt, sagt der Mann.

Ich habe nicht –

Der Mann stellt den Kaffee auf dem Holztisch ab, nimmt die leeren Stielgläser, die volle Flasche, nähert sich der hellen, vom dunklen Geflecht umrahmten Muschel, den Blick auf die Frau gerichtet; kriecht auf allen Vieren zu ihr; schwierig, mit einer Flasche und zwei Gläsern; setzt sich dicht neben sie, berührt sie, fast; füllt die Gläser, zu voll, ein wenig Flüssigkeit tropft auf ihren Bauch, fängt sich in der Vertiefung; tut mir leid, sagt der Mann, reicht ihr das Glas; ist schön kühl, hört die Frau sich sagen, an die Flechtwand gelehnt, finden Sie, sagt der Mann und lehnt die bauchige Flasche zwischen ihre Beine, so, dass der Hals ihren Bauch berührt und der Bauch durch den dünnen weißen Stoff ihr Geschlecht. Sie nimmt das Glas und hört sich sagen: Danke, ich bin knapp vorm Verdursten, leert das Glas in einem Zug, der Mann füllt es von Neuem, zu voll, es tropft; er fährt mit dem Zeigefinger in die Vertiefung, benetzt seine Lippen; sehr erfrischend, sagt er, belustigt; es ist der Aquarell-Mann, denkt die Frau plötzlich, oder doch nicht, und der Zug um seinen Mund ist kurz vor einem Lachen, nicht vor einem Weinen, das auf jeden Fall; die Sonnenbrille, brauchen Sie die jetzt wirklich noch, fragt der Mann, zieht das Ding langsam von ihrem Gesicht und legt es beiseite; seine Lippen nähern sich den ihren, die sich nun einen Spalt weit öffnen, während ihre Augen sich schließen; die Mundhöhle, in die sich ein kleiner Schwall prickelnder Flüssigkeit ergießt, dann noch einer und noch einer, die Mundhöhle fühlt Kälte, so wie der Unterleib, an dem die bauchige Flasche lehnt; die Spitzen der Brüste hingegen, die der Mann zwischen den Fingern reibt, erhitzen sich; die Frau hält die Augen geschlossen, umschließt mit einer Hand den Stiel des Glases, bewahrt die Flasche vor dem Umkippen, durch Festhalten zwischen ihren Schenkeln, im Rhythmus der Zunge, die in ihre Mundhöhle stößt.

Abrupt nimmt der Mann das Glas weg und die Flasche.

Er schiebt das T-Shirt der Frau hoch, bis unters Kinn.

Die Frau hebt die Arme, reflexartig.

Sie sehen sehr jung aus, sagt er dann und lässt seinen Blick kreisen, bewundernd.

Die Frau starrt auf die graue Wölbung an der Vorderseite seiner Jeans.

Der Mann spreizt ihre angewinkelten Beine, fährt über den dünnen Jeansstoff, weiß, dahinter knistert es dunkel, da, ein winziges Reißgeräusch, der rote

Punkt in der Mitte wird feucht von der Hitze, von der Hitze?

Noch nie, sagt der Mann, oder flüstert, war es um diese Jahreszeit so heiß, finden Sie nicht, und lässt seine Hand kreisen und seine Finger und erzeugt rhythmischen Druck und noch mehr Hitze und noch mehr Feuchtigkeit, und sein verengter Blick zwingt die Frau, die Augen nicht zu schließen.

Mit leicht geöffneten Augen bemüht sie sich, jedes Geräusch zu unterdrücken, bis zuletzt: ein Ausatmen, hörbar, schwer, und ein leises Wimmern.

Maira kommt langsam zu sich. Dort, wo Luciens Jeans sich soeben noch hart gewölbt haben, sieht sie jetzt einen dunklen Fleck.

Er lächelt.

Sie sind wunderschön.

Ja.

Darf ich Sie jetzt zeichnen.

Ja.

Während er ins Haus geht, schenkt sie sich ein Glas Prosecco ein, gar nicht mehr kalt, und wischt einen warmen Schweißfilm von ihren Brüsten.

Lucien kommt zurück, in Boxershorts, mit einem Block, einem Stift; kriecht auf sie zu; streift ihr die Hose ab, vorsichtig; setzt sich ans andere Ende des Muschelmöbels, im Schneidersitz.

Knie zusammen, Füße auseinander.

Maira hört den Stift auf dem Papier.

Das mit Mike, sagt Lucien und verengt die Augen, wie um sie besser sehen zu können, ist so – er ist mein Untermieter, ich habe ihm die kleine Einliegerwohnung überlassen.

Und das Skizzenbuch?

Ist meines.

Warum steht dann sein Name drinnen?

Vor zwei Monaten ist er aus seiner Werbeagentur rausgeflogen und will jetzt Schriftsteller werden.

Aha.

Er weiß aber nicht, worüber er schreiben soll, da ist er auf die Idee mit dem Skizzenbuch gekommen, das macht er jetzt schon seit zwei Monaten.

Maira hört kaum zu.

Normalerweise ist er da, wenn die Leute ihm das Buch zurückbringen, keine Ahnung, wo er heute bleibt.

Und worüber schreibt er jetzt?

Mike? Lucien lacht. Hat noch nicht angefangen, bezweifle, dass er es jemals tun wird, er ist nicht besonders begabt, fürchte ich.

Knie zusammen, Füße gespreizt, Augen geschlossen, sitzt Maira da und lässt den soeben gedrehten Film in sich ablaufen, träge, müde, schwebend.

Woher kommt dieser Name: Maira.

Aus dem Legasthenischen, sagt Maira.

Wie bitte?

Eigentlich Maria, ich habe in der Volksschule

die Buchstaben legasthenisch verwechselt, seither heiße ich Maira.

Lucien legt den Kopf in den Nacken und lacht schallend.

Dann sagt er kein Wort mehr.

Am Ende winkt er sie zu sich.

Maira kriecht zu ihm, starrt auf das Bild.

Kann ich eine Kopie haben?

Warum nicht, sagt Lucien.

Während er verschwindet, um die Zeichnung zu kopieren, zieht Maira sich an.

Möchten Sie noch einen Kaffee mit mir trinken?

Kaffee, sagt Maira; sie packt die Zeichnung in ihre Tasche, zieht die Schuhe an und sieht auf die Uhr, geht nicht, leider, mein Parkschein ist längst abgelaufen.

Schade, sagt Lucien, und hält eine Ein-Euro-Münze hoch, Ihr Finderlohn.

Danke, sagt Maira, und danke für den: Prosecco; er war unglaublich: gut.

Gern, sagt Lucien, belustigt, und beugt sich über ihre Hand, war mir ein: ganz besonderes Vergnügen.

Sie steigt in den Aufzug, er lehnt im Türrahmen.

Vielleicht, sagt die Frau, sehen wir uns ja wieder einmal.

Ja, sagt der Mann, vielleicht.

Als Maira das Haus verlässt, schiebt ein altmodisch frisierter junger Mann ein schwarzes Fahrrad um die Ecke, langsam, denn es hat zwei geplatzte Reifen.

Maira geht in die nächste Trafik. Sie kauft einen Briefumschlag und eine Briefmarke. Sie steckt die Zeichnung hinein, klebt den Umschlag zu, schreibt eine Adresse, klebt die Briefmarke auf und wirft den Umschlag in den nächsten Briefkasten.

An der Windschutzscheibe ihres Autos steckt ein Strafzettel.

Maira lächelt und schließt die Hand um die Ein-Euro-Münze.

Sie verstaut den Strafzettel in ihrer Handtasche und schaltet ihr Handy ein.

Ein Anruf in Abwesenheit, eine neue Nummer, Sie haben eine neue Nachricht auf Ihrer Mobilbox.

15 Uhr 30 bis 15 Uhr 40, Melanie

Einen Einstunden-Parkschein bitte, sagt Melanie, lächelt freundlich und öffnet ihre Geldbörse, um Kleingeld zu suchen.

Hab ich nicht, schnauzt der Trafikant.

Aber – an Ihrer Tür steht doch: Parkscheine.

Richtig gnä' Frau, Parkscheine steht da, Mehrzahl, nicht Parkschein.

Was meinen Sie damit?

Einen! Parkschein gibt's nicht, Sie müssen mindestens fünf! kaufen.

Ich brauche aber nur einen, es –

Entscheiden Sie sich, gnä' Frau, und zwar möglichst schnell, ich hab noch was anderes zu tun als mit Ihnen sinnlos zu diskutieren, die Zigaretten verkauf' ich ja auch nicht einzeln.

Melanie starrt ihn an.

Also fünf?

Er knallt ihr ein Bündel roter Parkscheine hin.

Macht drei Euro!

Melanie spürt etwas in sich aufsteigen; es ist ihr unangenehm vertraut; es befällt sie immer dann, wenn sie sich ausgeliefert fühlt, ohnmächtig; und immer wenn ein solches Ohnmächtigsein sich nähert und sie spürt, dass sie ihm nicht mehr ausweichen kann, gerät sie in diesen komischen Zustand; sie fühlt sich dann wie ein Luftballon, den jemand, der nicht sie selbst ist, aufbläst, manchmal ganz langsam, manchmal ganz plötzlich, wie mit einer elektrischen Pumpe; es ist aber nicht normale Luft, was da hineingeblasen wird, sondern etwas anderes; etwas, das jederzeit explodieren könnte. Jedenfalls fühlt Melanie sich dann schwerelos und angespannt zugleich, außerdem schlägt ihr Herz ganz langsam und immer langsamer, wenn sie in diesen Zustand geraten ist; zwischen den einzelnen Herzschlägen werden die Pausen länger und länger, mit jedem Schlag; so, als würde ihr Herz überhaupt gleich aufhören zu schlagen; die Schläge verlieren irgendwie ihren Zusammenhang; das macht ihr Angst; noch eine Pause und noch ein Schlag, und das Ganze könnte explodieren; manches Mal explodiert es auch; aber nach innen.

Melanie explodiert vor dem Trafikanten, innerlich und nach innen.

Zwanzig Zehn-Minuten-Gratis-Parkscheine, sagt sie ruhig, und ihr Gesicht fühlt sich dabei an, als würden tausend Nadeln ihre Haut von innen nach außen spannen.

Der Trafikant knallt ein Bündel lila Parkscheine auf den Tresen.

Beehren Sie mich doch bald wieder, zischt er, während sie die lila Parkscheine nimmt, kurz überlegt, diese nachzuzählen, es bleiben lässt, sich umdreht, langsam zur Tür geht und diese hinter sich schließt, sorgfältig, fast ohne ein Geräusch.

Sie setzt sich in den Wagen und hält sich am Lenkrad fest und presst die Stirn darauf, bis es weh tut. Es kommt ihr so vor, als versuchte ihr Herz nun, die vorhin versäumten Schläge nachzuholen, rasend schnell.

Melanie fährt nicht oft mit dem Auto in die Innenstadt. Sie hat kein eigenes. Ihr Mann ist heute auf Dienstreise, mit der Bahn. Sie nützt die Gelegenheit. Sie hat seines ausgeborgt. Zur Arbeit fährt sie immer mit der U-Bahn. Heute hat sie sich das Auto genommen und einen Urlaubstag, weil sie etwas sehr Wichtiges erledigen muss.

Sie muss einen Brief abgeben.

Dann möchte sie zum Schwimmen an die alte Donau. Heute ist so ein schöner Tag, ungewöhnlich heiß für Anfang Juni. Sie möchte sich endlich ausruhen, endlich unbeschwert sein, endlich keinen von diesen Gedanken mehr haben, die sie mürbe machen, die ihr den Schlaf rauben.

In die karierte Tasche, die auf dem Rücksitz steht, hat sie ihren schwarzen figurformenden Badeanzug gepackt und das babyblaue quadratische Badetuch, das eigentlich zu klein ist, um sich darauf auszustrecken, zu kurz jedenfalls; dazu zwei Wurstsemmeln, eine Topfengolatsche und eine große Flasche Apfelsaft gespritzt. Eigentlich sollte sie abnehmen, doch in den letzten Monaten fällt es ihr immer schwerer, nicht ständig zu essen oder zumindest nicht ständig an Essen zu denken, denn nur während sie isst, kann sie die zermürbenden Gedanken unterdrücken, nur das Essen kann diese Gedanken an die Wand drücken, an die Magenwand sozusagen, sodass sie sich nicht mehr bewegen können.

Melanie füllt den lila Zehn-Minuten-Parkschein aus; sie trägt die Ankunftszeit ein und schummelt sicherheitshalber fünf Minuten dazu; obwohl das Abgeben des Briefes bestimmt nicht länger als zehn Minuten dauern wird.

Bei ihrer Hochzeit im September des letzten Jahres, genau an ihrem neununddreißigsten Geburtstag, hat Melanie noch tadellos in Größe achtunddreißig gepasst.

Der figurformende Badeanzug, den sie sich vor ein paar Tagen gekauft hat, ist in Größe zweiundvierzig, und er sitzt sehr knapp. An die enge Kabine in dem Wäschegeschäft, das grelle Licht, ihren Anblick im Spiegel und die betont aufmunternden Worte der Verkäuferin will sie lieber nicht mehr denken: Er passt Ihnen wie eine zweite Haut!

Melanie legt den lila Parkschein hinter die Windschutzscheibe und vergewissert sich, dass der Brief auch wirklich in ihrer Handtasche steckt, zum dritten Mal, seit sie von zu Hause weggefahren ist. Sie versucht, die peinliche Szene in der Trafik aus ihrem Kopf zu schieben und ihre Gedanken auf das Kommende zu lenken, was nur zur Folge hat, dass sich beides zu einem unförmigen Klumpen zusammenballt und sich in ihrem Magen ablagert.

Melanie sinkt der Mut.

Sie denkt an die Schokolade im Handschuhfach, die sie für den Notfall hineingesteckt hat, kurz bevor sie von zu Hause weggefahren ist.

Noch eine Minute, dann steige ich aus.

Melanie nimmt die lila Milchschokoladentafel aus dem Handschuhfach; sie ist ziemlich weich und zäh geworden, wegen der Hitze; Melanie bricht, nein reißt eine Rippe davon ab, stopft sie rasch in den Mund, lässt sie langsam zergehen, wischt sich die klebrigen Hände ab, ein Backenzahn reagiert schmerzhaft auf den hohen Zuckergehalt.

Der Schmerz erinnert sie an ihr Vorhaben.

Sie gibt sich einen Ruck.

Sie schließt das Auto ab und geht bedächtig, sehr bedächtig den Weg, den sie auf dem Stadtplan studiert hat, Schritt für Schritt zu der Adresse, die sie inzwischen auswendig kann.

Was mache ich eigentlich, wenn ich unten klingle und sie mich gar nicht ins Haus lässt?

Mit der linken Hand tastet sie wieder nach dem Brief.

Er ist noch da.

Ich könnte an einer anderen Tür klingeln, vielleicht lässt mich jemand anderer hinein, und wenn ich dann schon einmal vor ihrer Tür stehe –

Auf den Umschlag hat sie ganz links in ihrer sauberen, zierlichen Schrift den Namen der Empfängerin des Briefes geschrieben:

An

Sehr geehrte Frau

Magister Melanie Müller

Melanies Hochzeitstag war der sprichwörtlich schönste Tag in ihrem Leben. Als Gerhard ihr am Standesamt den Ring an den Finger steckte, konnte Melanie ihr Glück kaum fassen. Sie strahlte, in ihrem Designerbrautkleid, für das sie einen nicht unbeträchtlichen Teil ihrer Ersparnisse ausgegeben hatte. Auf den Hochzeitsfotos fand sie sich richtig hübsch. Eines der Bilder (das vor dem Ziehbrunnen mit dem blumengeschmückten Wagenrad im Hintergrund) war sogar in der Auslage des Fotografen ausgestellt, fast einen Monat lang! Sie war so stolz, endlich verheiratet zu sein. Sie freute sich so sehr, die Fotos beim bevorstehenden zwanzigjährigen Klassentreffen ihren ehemaligen Mitschülerinnen zu zeigen, aus der Fachschule für höhere Frauenberufe. Diesmal würde sie keine mitleidigen Blicke ernten, sondern bewundernde. Diesmal würde niemand abfällig über sie tuscheln. Und sie war so glücklich, ihren Mädchennamen ablegen zu können. Für einen Mädchennamen, der ihr sowieso nie gefallen hatte, fühlte sie sich seit Jahren zu alt, viel zu alt. Jedenfalls freute sie sich, dass sie am Telefon nie wieder Zahálka würde buchstabieren müssen.

Die Rückseite des Briefes hat Melanie am äußersten oberen linken Rand mit ihrem eigenen Namen beschriftet, die Schrift ist noch ein wenig kleiner als die auf der Vorderseite:

Melanie Müllner.

Vor dem Eingang des Hauses, in dem sich die Wohnung von Frau Magister Müller befindet, bleibt sie unschlüssig stehen. Dem Himmel sei Dank, da kommt gerade zufällig jemand aus dem Haus, Melanie schlüpft hinein.

Melanie ist in der Firma, in der sie arbeitet, für das Catering zuständig, nun schon seit über drei Jahren. Es ist eine schöne Arbeit. Sie fährt mit einem zweistöckigen Servierwagen durch die Abteilungen und bietet Kaffee und Tee, Saft und Mineralwasser an. Sie sorgt dafür, dass in der Küche immer genügend Weißbrot, Marmelade, Butter und Leberstreichwurst da ist. Das ist ein toller Service, den sich die Geschäftsleitung für die Angestellten ausgedacht hat. So verschwenden diese keine wertvolle Arbeitszeit mit dem Zubereiten und Holen von Getränken und müssen keine ausgedehnten Mittagspausen außer Haus verbringen. Natürlich gibt es jetzt schon längst Automaten, die solche Getränke im Nu zubereiten, vollautomatisch, oder nach Geldeingabe ausspucken, doch die Geschäftsleitung besteht auf diesen persönlichen Service. Die Angestellten freuen sich, wenn sie Melanie mit ihrem Servierwagen sehen, Melanie ist äußerst beliebt. Wenn Kunden erwartet werden oder andere Gäste oder auch ganz wichtige Lieferanten, dann bereitet Melanie auch schmackhafte Häppchen vor und kleine Süßigkeiten. Für den Chef besorgt sie am Naschmarkt immer den gesunden braunen Würfelzucker, der eigentlich normaler Zucker ist, braun eingefärbt, was Melanie aber wohlweislich für sich behält. Frau Magister Müller hingegen, die Assistentin des Chefs, nimmt zum Kaffee ausschließlich Süßstoff. Sie ist die schönste Frau, die Melanie außerhalb des Fernsehens, also im wirklich wirklichen Leben, wie Melanie scherzhaft zu sagen pflegt, je begegnet ist. Sie ist etwas jünger als Melanie, groß, mit halb langer, dunkler Haarfülle, stets perfekt und korrekt gekleidet und makellos geschminkt. Auch bei vierzig Grad im Schatten trägt sie seidenmatte Strumpfhosen, hautfarben, hauchdünn. In Besprechungen mit Gleich- oder Höhergestellten scherzt und lacht sie unentwegt und schüttelt ihr fülliges Haar und schlägt die Beine übereinander und hat einen bundesdeutschen Akzent, der sehr kompetent und professionell wirkt. Die anderen Besprechungsteilnehmer, sofern es sich um Männer handelt, sind meistens schwer beeindruckt. Hingegen machen die Sekretärinnen in Frau Magister Müllers Abteilung auf Melanie keinen beeindruckten, sondern einen seltsam bedrückten Eindruck, irgendwie eingeschüchtert. Sehr oft müssen sie Überstunden machen, weil sie einen Fehler gemacht haben, selbst wenn sie ihn unter Umständen gar nicht gemacht haben. Ziemlich oft taucht in dieser Abteilung ein neues Gesicht auf, während ein anderes verschwindet, von einem Tag auf den anderen.

Das mit den verschwundenen Gesichtern geht Melanie nicht aus dem Kopf, als sie in dem beeindruckenden Foyer gleich hinter dem Hauseingang steht, Marmor, Holz, Glas, Messing. Alles ist so elegant und vornehm; wie erschlagen ist sie und kommt sich fehl am Platz vor, falsch angezogen, unförmig und sehr klein; sie erwartet, jeden Augenblick von einem uniformierten Concierge aufgehalten zu werden, wie sie es oft in diesen amerikanischen Filmen gesehen hat. Doch nein, sie kommt unbehelligt zur Treppe, die zu Frau Magister Müllers Wohnung führt, im fünften Stockwerk.

Beim Jubiläumstreffen ihrer Klasse lief alles nach Melanies Vorstellungen. Einige von ihren ehemaligen Mitschülerinnen hatten gerade die erste Scheidung hinter sich, mit oder ohne Kinder, einige lebten in unglücklichen Beziehungen mit geschiedenen

Männern oder noch verheirateten, die versprachen, sich demnächst scheiden zu lassen, oder fristeten ein unfreiwilliges Singledasein. Melanie jedenfalls wurde um ihr frisches Glück beneidet, man bewunderte die tollen Hochzeitsfotos, das Kleid – und natürlich ihren gut aussehenden Ehemann. Ja, und Gerhard möchte jetzt auch unbedingt ein Kind, sagte sie, nicht ohne Stolz, und niemand tuschelte an diesem milden Oktoberabend hinter ihrem Rücken, in der guten Stube des gutbürgerlichen Gasthauses, in dem das Klassentreffen stattfand.

In der Firma gratulierte man ihr am ersten Arbeitstag nach der Hochzeit und freute sich mit ihr oder tat zumindest so. Melanie führte auf ihrem Servierwagen zwei Flaschen Prosecco mit, die sie selbst bezahlt hatte, stieß mit dem einen oder anderen auf den Feiergrund an und stellte sich bei allen, die sie traf, mit ihrem neuen Namen vor. Nur nicht bei der Geschäftsleitung, denn diese hatte ein mehrtägiges Kick-Off-Meeting und befand sich an diesem Tag nicht im Haus. Etwa einen Monat später, ungefähr zur Zeit des Klassentreffens, fing es an. Seltsame Dinge gingen rund um Melanie vor sich. Es war ihr, als würde man über sie reden, hinter ihrem Rücken, kurz bevor sie einen Raum betrat oder kurz nachdem sie einen verließ, obwohl sie es nicht direkt sah oder hörte, es war mehr so – atmosphärisch. Der eine oder die andere lächelte nicht mehr zurück, wenn sie ihn oder sie freundlich ansah, und sie wusste beim besten Willen nicht, warum, war sie denn nicht wie immer? Manchmal wurde ein Gespräch abrupt beendet, wenn sie erschien, oder bildete sie sich das nur ein? Es gab dann und wann Beanstandungen, komische Bemerkungen – nie zuvor hatte jemand ihre Arbeit kritisiert. Auf vorsichtige Fragen erhielt sie ausweichende Antworten, oder kam es ihr nur so vor? Der Milchschaum beim Cappuccino gelang ihr neuerdings tatsächlich nicht mehr so prächtig wie früher. Lag es an ihr oder an der Milch? Vielleicht sollte sie fettärmere Milch verwenden. Ihre Angst, Fehler zu machen, wurde von Tag zu Tag größer. Sobald sie den Besprechungsraum der Geschäftsleitung betrat, herrschte überhaupt eisiges Schweigen, bis sie den Raum wieder verlassen hatte.

Melanie konnte sich die seltsame Veränderung im Verhalten ihrer Kolleginnen und Kollegen nicht erklären. Nach Lächeln war ihr immer seltener zumute. Immer öfter hatte sie morgens in der U-Bahn eine unbestimmte Angst. Sie begann heimlich zu essen, zwischendurch, in der Küche, Schokolade, Kekse, was immer sich so fand, nervös, unruhig, sie hatte sich immer weniger unter Kontrolle. Allmählich legte sie an Gewicht und Umfang zu. Prüfende Blicke fielen auf ihre Leibesmitte und schienen zu sagen: Ist die etwa schwanger? Sie nahm zu, sie hatte Angst, sie schwitzte, habe ich Körpergeruch? Oder

Mundgeruch? Sie fing an, Zahnkaugummi zu kauen und ein sehr aufdringliches Deodorant zu verwenden. Am Verhalten ihrer Kollegen änderte es nichts. Oder bildete sie sich das alles nur ein?

Als Melanie die Treppe in den fünften Stock hinaufgeht, hält sie sich am hölzernen Handlauf fest, mit der rechten Hand; mit der linken umklammert sie fest den Brief in ihrer Handtasche. Schon im Mezzanin ist ihr schwindlig und ein wenig übel.

Irgendwann im letzten Monat passierte dann etwas besonders Seltsames. Der Telefonapparat in der Küche schnarrte. Es war ihre persönliche Durchwahlklappe. Sie hob ab, wie immer, und meldete sich mit ihrem Namen. Hi Melanie, säuselte da an ihrem Ohr eine Männerstimme, die ihr gleich unnatürlich vertraulich vorkam, ich halte es unmöglich bis heute Abend aus, wenigstens deine Stimme muss ich hören, du warst so FANTASTISCH letzte Nacht, so – Ich … war alles, was Melanie herausbrachte, wie gelähmt. Schon schmeichelte die männliche Stimme weiter: Sag nichts, du brauchst gar nichts zu sagen, mein kleines – da fiel Melanies Blick auf das Display, auf die Durchwahlklappe, von der das Gespräch kam, intern – Schweinchen. Nachdem der Mann den Satz zu Ende gesprochen hatte, gelang es Melanie endlich, den Arm leicht zu heben und den Hörer einzuhängen. Noch nie in ihrem Leben hatte sie sich so geschämt.

Gleich am Tag darauf geschah wieder etwas sehr Komisches. Melanie hatte leckere Häppchen ins Besprechungszimmer der Geschäftsleitung gebracht. Sie machte die Tür hinter sich zu und hörte von drinnen einen Schrei. Tote Fliege, kreischte die Müller immer wieder, tote Fliege, tote Fliege! Meine Güte, dachte Melanie, ist die vielleicht hysterisch, hat sie noch nie eine tote Fliege gesehen?

Etwa eine Woche später erreichte sie auf ihrer Durchwahlklappe in der Küche der Anruf eines wichtigen Geschäftspartners der Firma, den sie vom Sehen her kannte; er war sehr freundlich und wünschte sich immer einen Espresso ohne Milch mit viel Zucker. Ach, Herr Doktor Wiesbauer, sagte Melanie, entschuldigen Sie, das muss eine Verwechslung sein, man hat Sie falsch durchgestellt, wir haben eine ganz neue Rezeptionistin, wissen Sie, und ich habe geheiratet und heiße jetzt so ähnlich wie die Frau Magister, ach vielen Dank für die Glückwünsche, ja, ich verbinde Sie gleich mit Frau Magister Müller.

Im dritten Stock des eleganten Stiegenhauses bricht Melanie der Schweiß aus allen Poren. Gerhard hat recht, denkt sie, ich muss abnehmen. Lange Zeit hat sie ihrem Mann die Probleme in der Firma verschwiegen, sie will ihn und ihre junge Ehe ja nicht belasten. Doch seit ein paar Tagen, seit sie dieses Gespräch hat mitanhören müssen, unfreiwillig, ist sie am Ende. Glaubst du, schreit Frau Magister Müller den Mann an, der sie, Melanie, am Telefon irrtümlich mit: Mein kleines Schweinchen angesprochen hat, glaubst du wirklich, ich lasse mir das gefallen? Denkst du, ich will noch länger mit dieser doofen kleinen Kaffeetante verwechselt werden? Die sich, brüllt Frau Magister Müller weiter, anmaßt, so zu heißen wie ich? Sich mit falschen Federn schmücken will? Aber, versucht der Mann, der sie, Melanie, irrtümlich fantastisch im Bett gefunden hat, zu beschwichtigen, die Kaffeetante heißt doch Müllner, nicht Müller, außerdem hat sie doch nur geheiratet. Das ist mir schnuppe, zischt Frau Magister Müller, sie hätte ja auch ihren doofen Namen behalten können, Zahálka, passt doch viel besser zu dieser blöden fetten Ziege! Aber, sagt der Mann. Nichts da, aber. Entscheide dich, und zwar möglichst schnell. Entweder sie – oder ich. Melanie hat, kreidebleich, den Cappuccino mit Zucker und den mit Süßstoff zurück in die Küche getragen und sich krank gemeldet. Ihr ist auch tatsächlich übel gewesen, so übel wie vielleicht noch niemals in ihrem ganzen Leben. Sie hat ihren Mann angerufen und ihm alles erzählt. Er hat sie dann abgeholt, mit dem Auto. Die halbe Nacht haben sie darüber geredet, Gerhard ist so verständnisvoll gewesen, warum sie denn nicht früher etwas gesagt hat! Sie haben hin und her überlegt und gemeinsam alle Möglichkeiten durchbesprochen, und am Ende hat Gerhard ihr geraten, Frau Magister Müller diesen Brief zu schreiben. Sie hätte, hat Melanie geschrieben, nicht gewusst, dass ihr neuer Name, der ja gar nicht wirklich der gleiche Name sei wie der von der sehr geehrten Frau Magister, zu Verwechslungen führen könnte; nie wäre ihr in den Sinn gekommen, sich mit fremden Lorbeeren bekränzen zu wollen; sie sei nun, hat Melanie weiter geschrieben, nach langer und reiflicher Überlegung mit ihrem Mann übereingekommen, dass sie in der Firma künftig ihren Mädchennamen anhängen werde, nach ihrem rechtmäßigen Familiennamen, also: Melanie Müllner-Zahálka. Melanie hält den Brief in ihrer Tasche noch immer ganz fest, als sie, schwitzend, schwindlig, den fünften Stock erreicht und an der Wohnungstür läutet. Wenige Augenblicke später wird die Tür aufgerissen, Frau Magister Müller erscheint, in einem flauschig weißen Bademantel, mustert sie, von oben herab, und herrscht sie an: Sie wünschen? Im Hintergrund ist eine Männerstimme zu hören, die Männerstimme, die kleines Schweinchen gesagt hat. Ich, stammelt Melanie, wollte nicht stören. Tun Sie aber, merken Sie das nicht. Ich wollte Ihnen nur diesen Brief bringen. Welchen Brief denn? Ach, sagt Melanie und merkt, dass sie ihn immer noch in ihrer Tasche festhält, ach, diesen hier – bitte. Wenn Sie schon mal hier sind, sagt Frau Magister dann langsam, mit diesem

Lächeln, von dem Melanie nie weiß, was es bedeuten soll, ich habe auch etwas für Sie. Warten Sie. Melanie wartet vor der Tür. Sie ist nicht hineingebeten worden. Sie hört ein Gespräch, oder ist es ein Streit? Die Frau kommt zurück. Hier, sagt sie und zieht die Mundwinkel nach oben, als ob sie zu lächeln versuchte, und hält Melanie einen Briefumschlag hin. Ich wünsche Ihnen alles Gute!, sagt sie noch und macht sehr geräuschvoll die prächtige Wohnungstür zu. Den Bruchteil einer Sekunde noch, ehe die Tür ins Schloss fällt, kann Melanie zwei Mundwinkel sehen, die nach unten klappen.

Melanie wirft einen flüchtigen Blick auf den Briefumschlag. Er ist zugeklebt. Er trägt das Firmenlogo, und vorne drauf hat Frau Magister Müller in ihrer wunderschönen Schrift, die Melanie schon immer bewundert hat, mit rotem Fineliner: *Fr. Müllner* geschrieben.

Melanie steckt den Umschlag in ihre Handtasche. Sie hat es geschafft. Sie hat das Problem gelöst. Gerhard wird sich freuen. Sie fühlt sich erleichtert. Beinahe unbeschwert, fast übermütig schwebt sie nach unten. Als würden die Kilos, die sie nun endlich abnehmen wird, neben ihr die Treppe hinunterpurzeln. Seit Monaten schon hat sie sich nicht mehr so gut gefühlt.

Den Umschlag – öffne ich später, denkt sie, als sie ins Auto steigt, später, wenn ich an der Alten

Donau bin; heiß ist es heute, genau richtig heiß, um ins Wasser zu gehen.

15 Uhr 45 bis 16 Uhr 45, Rosa

(Die roten Schuhe haben es Rosa angetan, fast auf Augenhöhe stehen sie in der Auslage, sehnsüchtig betrachtet Rosa die schlichte, elegante Form, den kleinen Keilabsatz, das weiche, anschmiegsame Leder, das zarte, elastische Riemchen über dem Mittelfuß.)

Zu teuer, die sind eindeutig zu teuer, leider, anprobieren würde sich ohnehin nicht mehr ausgehen, nein, sonst komme ich womöglich noch zu spät, außerdem: Wann und wo könnte ich solche Schuhe überhaupt tragen, zu welcher Gelegenheit und zu welchem Kleid, um halb vier soll ich Denise vom Friseur abholen.

(Wirft einen Blick auf ihre Armbanduhr.)

Entschuldigen Sie, darf ich Sie kurz etwas fragen, nur ganz kurz.

(Neben Rosa, wie aus dem Boden gewachsen, steht ein Mann.)

Ja bitte?

(Dunkelhäutig, groß, korpulent, pechschwarzes Haar.)

Haben Sie Probleme mit Ihren Füßen?

Ich –

(Wulstige Lippen, riesige Nase, runde Metallbrille.)

Sie haben Probleme mit ihrem linken Fuß, habe ich recht, das sehe ich, also haben Sie auch ein Beziehungsproblem, wissen Sie, Menschen, die Probleme mit ihren Füßen haben, haben so gut wie immer ein Beziehungsproblem, ganz besonders, wenn es sich um den linken Fuß handelt.

Ich, nein –

Leben Sie in Trennung?

Nein, ich –

Oder haben Sie eine Trennung hinter sich, ja, vermutlich haben sie sich kürzlich von jemandem getrennt. Darf ich mich vorstellen, Paul Jankiewitz, ich bin Doktor der Psychologie, mein Institut ist gleich dort drüben –

(gestikuliert in eine unbestimmte Richtung)

– ich kann Ihnen helfen, glauben Sie mir.

Ich –

Ich beobachte Sie schon eine ganze Weile –

– bin seit zehn Jahren verheiratet –

Nicht ganz glücklich, habe ich recht?

– aber –

Sie belasten Ihre Füße unterschiedlich stark, das ist für mich als Psychologen ein eindeutiger Hinweis auf seelisches Ungleichgewicht. Wenn Sie sich noch nicht getrennt haben, dann steht eine Trennung unmittelbar bevor. Entschuldigen Sie, ich will mich wirklich nicht aufdrängen, ich hoffe sehr, Sie halten mich nicht für aufdringlich.

– wahrscheinlich ja, ich meine nein, ich muss jetzt wirklich –

(Wendet sich zum Gehen.)

Warten Sie doch! Ich kann Ihnen wirklich helfen, glauben Sie mir!

(Der Mann wirkt verzweifelt.)

Es tut mir leid, ich habe eine Verabredung.

(Lächelt dem Mann zu, freundlich bedauernd, während sie weggeht, nicht zu eilig, um es nicht nach Flucht aussehen zu lassen, um den Mann nicht zu kränken, der übrigens sogleich sein nächstes Opfer finden wird: Eine ältere Dame biegt um die Ecke und steuert auf die Auslage des Schuhgeschäfts zu, sie hat Probleme mit den Füßen, besonders mit dem linken, und ist seit fünfzehn Jahren verwitwet.)

Sie wünschen?

(Rosa hat soeben den Frisiersalon betreten, in dem sie ihre Freundin Denise abholen soll, der Salon befindet sich ganz in der Nähe des Schuhgeschäfts, wo der Psychologe die ältere Dame schon in ein Gespräch verwickelt hat.)

Ich möchte nur meine Freundin abholen, dort drüben –

(Macht eine kleine Bewegung mit dem Kopf, deutet auf einen eleganten Lederdrehstuhl, auf dem eine in graues Nylon gehüllte Frau an einer Tasse Kaffee nippt.)

– sitzt sie.

Die gnädige Frau ist noch nicht fertig, wie Sie vielleicht sehen können, die Haare werden noch geformt.

(Rosa holt tief Luft, hält die Luft an und atmet wieder aus.)

Das hätte ich mir denken können, war Denise denn schon jemals pünktlich, zur vereinbarten Zeit am vereinbarten Ort, immerhin stimmt der Ort.

(Natürlich sagt Rosa das nicht laut, ein asymmetrisch gestylter Jüngling erscheint, weiß gewandet.)

Das Haarformen wird noch einige wenige Minuten in Anspruch nehmen, wenn Sie so lange Platz nehmen wollen, darf ich Ihnen etwas zu trinken anbieten, Kaffee, Tee, Mineralwasser, prickelnd oder still – oder etwas zu lesen.

(Hält ihr einen Stapel Hochglanz-Glamour-Magazine hin.)

Danke, nein –

(– sagt Rosa nur, und nicht: Ich habe heute schon Kaffee getrunken und lese grundsätzlich keine Zeitschriften, wie sie das früher immer getan hat, nein, sie erklärt gar nichts, versucht, kühl zu wirken, überlegen, distanziert, obwohl sie spürt, dass sie errötet, obwohl sie sich linkisch fühlt, sich ihrer Ungeschicklichkeit und Ungewandtheit bewusst wird, ihrer unvorteilhaften Größe, ihrer komischen Figur und ihres biederen Haarschnitts.)

Ganz wie Sie wünschen.

(Jüngling geht ab, gelangweilt, hält inne, betrachtet sich in einem der vielen Spiegel und beschäftigt sich intensiv mit dem Gedanken, sich feine Strähnchen ins Haar zu machen, nur eine klitzekleine Spur heller als seine neue Haarfarbe, die er superschön findet.)

Heiß ist es hier drinnen, was mache ich hier eigentlich, es ist noch heißer als draußen in der ungewöhnlichen Junihitze, die Luft ist von künstlichen Gerüchen geschwängert, vielleicht sollte ich draußen warten.

(Rosa entscheidet sich für drinnen, stellt sich vor die gläserne Eingangstür, den Gerüchen und den Spiegeln ausweichend, starrt hinaus, ohne die Vorübereilenden wahrzunehmen.)

Wenn Denise mich noch ein Mal warten lässt, auch nur ein einziges Mal, dann rufe ich sie nie wieder an.

(Auch das denkt sie nur; währenddessen eilt draußen ein junger Mann vorüber, trägt eine unglaubliche Frisur auf seinem Kopf, asymmetrisch fransig von diesem abstehend; er wirft einen Blick durch die Glastür, sieht da eine junge Frau stehen, mittelgroß, fast schlank, auffallend unauffällig, in hellen Jeans und weißer Bluse, apart, die Arme über der Brust verschränkt, die dunkelbraunen Haare exakt zu einem Pagenkopf geschnitten; er stutzt, geht weiter, bleibt stehen, überlegt, macht kehrt, kommt zurück, drückt wild entschlossen gegen die gläserne Tür, wirft Rosa beinahe um.)

Würden Sie mir die Haare schneiden?

(Er ist ganz atemlos.)

Nein, ich –

Soll ich auf Sie warten? Ich kann auch etwas später wiederkommen. Bitte, es ist dringend, sehen Sie nur, was die da drüben auf meinem Kopf angerichtet haben.

(Sein Tonfall ist flehend, seine Augen sind erwartungs- und vertrauensvoll auf Rosa gerichtet.)

Ich würde Ihnen sehr gern die Haare schneiden –

(sagt Rosa, sieht ihn betreten an)

– aber leider arbeite ich hier gar nicht, ich bin überhaupt keine Friseurin.

Ach! Schade, Sie haben so – kompetent gewirkt.

(Wendet sich enttäuscht zur Tür, blickt sich noch kurz zu Rosa um, sieht aus, als wollte er etwas sagen, sagt aber dann doch nichts, verschwindet im Strom der Weitereilenden, während die Haarpracht von Denise weiter geformt wird: Der Hairstylist zieht mit einer Bürste an den Haaren, der zu formende Kopf wird Richtung Bürste gezogen, zur Seite, nach hinten, federt zurück.)

Wenn Denise in fünf Minuten nicht fertig ist,

dann gehe ich, auch wenn es in diesem Fall vielleicht gar nicht ihre Schuld ist, ausnahmsweise.

(Weitere zehn Minuten sind vergangen, Denise zahlt am Empfangspult.)

Tut mir leid Rosa, dass es so lange gedauert hat, aber ich war heute dermaßen im Stress! Meine Putzfrau ist zu spät gekommen, die Fensterputzer waren noch nicht fertig, und dann musste ich meiner Mutter noch die Bügelwäsche vorbeibringen. Viel Zeit –

(sieht auf die Uhr von Cartier)

– hab ich ohnehin nicht, weil ich dringend zur Schneiderin muss, mein Cocktailkleid weiter machen lassen, morgen sind wir auf einem Empfang eingeladen, in der Botschaft. Ich sag's dir, Rosa, ich hab mindestens zwei Kilo zugenommen.

Ach, wehrt Rosa die Entschuldigung ab, macht ja nichts.

(Verstohlen, möglichst unauffällig sieht sie auf die Uhr, denn in spätestens eineinhalb Stunden muss sie die beiden Kinder von ihrer Schwiegermutter abholen, und der Parkschein läuft in genau einer Stunde ab.)

Doch, macht schon was! Du sagst das so leicht, weißt du eigentlich, wie viel zwei Kilo sind? Ich komm mir richtig fett vor.

(Rosa hält die Luft an, sprachlos, entschließt sich weiterzuatmen und etwas anderes zu sagen als das, was ihr, fertig formuliert, auf der Zunge liegt.)

Merkt man aber nicht, dass du zugenommen hast.

(Rosas Blick gleitet ein klein wenig neidisch über Denise, sie wäre auch gern so klein und zierlich wie Denise, stets schick gekleidet und modisch frisiert.)

Und wo trinken wir jetzt unseren Kaffee? Lehmann? Diglas? Oder vielleicht Europe?

(Rosa fragt es leichthin.)

Eigentlich ist mir jetzt gar nicht so nach Kaffee, da bekomm ich mit Sicherheit wieder Hunger, und eigentlich muss ich abnehmen, außerdem wollte ich noch wegen eines schwarzen Poloshirts im Ausverkauf schauen, willst Du mich nicht begleiten?

(Rosa will in Ruhe einen Kaffee trinken, plaudern, sich entspannen und weiß genau, wie es ist, mit Denise nach einem schwarzen Poloshirt zu suchen.)

Du hast doch schon so viele schwarze Poloshirts.

Ja, aber die waschen sich so schnell aus, und jetzt sind sie billiger.

Bist du sicher, dass der Ausverkauf schon angefangen hat?

Für Stammkundinnen beginnt er früher.

Also gut –

(seufzt)

– gehen wir.

(Rosa und Denise überqueren den Stephansplatz, ein als Mozart verkleideter Konzertkarten-Verkäufer, in roter, goldbesetzter Livrée, in weißen Kniestrümpfen und Schnallenschuhen, eine gepuderte Perücke auf dem Kopf, kommt geradewegs auf Rosa zu.)

Möchten Sie heute Abend ein wunderbares Konzert in Schönbrunn hören, Madame? Sehr zu empfehlen, sehr preiswert, Sie haben Glück, es gibt noch einige wenige Restkarten.

(Mozart spricht mit Ost-Akzent, die Perücke ist verrutscht, sodass schwarzes Haar zum Vorschein kommt, Rosa lehnt das Angebot freundlich dankend ab.)

Wieso fragen die immer mich?

Keine Ahnung.

Seh ich etwa aus wie eine Touristin?

Anscheinend, Rosa! Mich hat jedenfalls noch nie so ein Mozart angesprochen.

(In einem Kaufhaus, etwa eine halbe Stunde später, Denise hebt einen Stapel schwarzer Poloshirts aus einem Regal.)

Und, ist diesmal etwas dabei?

Das hier hat das ideale Schwarz, verbilligt ist es zwar nicht, na gut, das würd ich noch in Kauf nehmen, aber ich fürchte, meine Größe gibt's nicht mehr. Ich schau noch da drüben, wartest du auf mich?

(Rosa, entnervt, bemüht sich, ruhig zu bleiben, sich nichts anmerken zu lassen, schiebt geduldig helle Sommerkleider auf einer Kleiderstange hin und her, prüfend, so als wäre sie auf der Suche nach etwas ganz Bestimmtem.)

Oh, kein Problem, ich warte hier.

(Denise geht ab.)

Entschuldigen Sie, ich brauche dieses Kleid –

(eine Frau mittleren Alters hält etwas Lachsrosafarbenes mit weißen Tupfen in die Höhe)

– in Größe vierzig, haben Sie das vielleicht noch im Lager?

(Rosa ist sprachlos.)

Könnten Sie bitte nachsehen.

(Die Frau wird ungeduldig.)

Ich arbeite hier nicht.

(Rosa lächelt freundlich.)

Was soll das denn bitte heißen.

Ich bin keine Verkäuferin, ich bin hier Kundin –

aber – ich war mir ganz sicher, dass

– so wie Sie auch.

(Die Frau zieht ab, eine Art Entschuldigung murmelnd, verschwindet in der Umkleidekabine, wo sie gleich versuchen wird, sich in Größe achtunddreißig zu zwängen, vergeblich, denn der Stoff enthält null Prozent Elastan, sie wird das Kleid zurückhängen, es wird einen Riss haben, den es zuvor nicht hatte, auch Größe vierzig wäre vermutlich zu klein gewesen.)

Es ist hoffnungslos, diesmal ist das Schwarz hässlich, es hat so einen seltsamen Grünstich, findest du nicht.

(Denise macht einen äußerst niedergeschlagenen, ja frustrierten Eindruck.)

Stell dir vor, gerade eben hat mich jemand für eine Verkäuferin gehalten.

Ehrlich?

Ja, ich schwör's dir, und vorhin, als ich beim Friseur auf dich gewartet habe, wollte sich ein junger Mann partout die Haare von mir schneiden lassen.

Hat er gut ausgesehen?

Mir passiert so was dauernd.

Aber für eine Ärztin hat man dich noch nicht gehalten, als du im Krankenhaus warst.

(Denise sagt es leicht spöttisch.)

Nein, das nicht.

Und auch nicht für eine Professorin auf der Uni.

(Rosa ignoriert den leicht bissigen Tonfall.)

Und wenn noch so viele Menschen da sind, immer suchen die sich ausgerechnet mich aus. In Amsterdam auf dem Bahnhof zum Beispiel. Ich stehe da, um mich nur Holländer, startet einer auf mich zu und fragt mich, von welchem Gleis irgendein Zug abfährt, auf Holländisch.

Woher willst du denn wissen, was der gefragt hat, du kannst doch gar nicht Holländisch.

(Denise sagt es schnippisch.)

Kürzlich auf einem Flughafen, ich glaube, es war

in Lissabon, fragt mich jemand nach dem Information-Desk, auf Portugiesisch natürlich, obwohl ich weit und breit die einzige Nichtportugiesin bin, und ein paar Minuten später passiert mir das gleich noch einmal, und –

(Das Handy von Denise klingelt, sie hebt ab, entfernt sich ein paar Schritte von Rosa; kommt zurück, nach etwa fünf Minuten.)

Jetzt hätte ich doch noch Zeit für einen Kaffee, meine Schneiderin hat abgesagt und meine Mutter kommt die Fensterputzer beaufsichtigen.

Das ist jetzt aber blöd, mein Parkschein läuft bald ab.

Ich frage mich, wieso du eigentlich nicht in der Parkgarage parkst, ich finde das unheimlich praktisch.

Das ist aber ziemlich teuer.

Ach was, so viel kostet das gar nicht, auf die paar Euro wird's auch nicht mehr ankommen, man gibt oft Geld für viel sinnlosere Dinge aus, zumindest solltest du dir endlich das mit dem Handyparken organisieren, finde ich.

Ja, sollte ich, aber –

(Rosa sieht auf die Uhr)

– ich muss dann auch bald die Kinder von meiner Schwiegermutter abholen.

Na geh, du kannst doch schnell den Parkschein wechseln und deine Schwiegermutter anrufen, die freut sich bestimmt, wenn sie ihre Enkel länger zu Besuch hat, das kann doch nicht so kompliziert sein!

(Rosa kämpft mit sich, sieht im Geiste das saure Gesicht ihrer Schwiegermutter, wählt eine Nummer auf ihrem Handy.)

Ist es in Ordnung, wenn die Kinder etwas länger bei dir bleiben?

(Die Schwiegermutter ist erwartungsgemäß nicht erfreut, sie hat einen Termin bei ihren Freundinnen, zum Bridgespielen, sie muss sich vorbereiten, umkleiden, höchstens eine halbe Stunde kann sie warten, wenn's denn unbedingt sein muss und gar nicht anders geht.)

Na, siehst du, war doch gar nicht so schwer!

(Rosa beschließt, einen Strafzettel zu riskieren, sonst verliert sie noch mehr Zeit.)

Ich würd gern ins Café in der Oper.

Wie wär's mit Haas & Haas am Stephansplatz? Ich hab mein Auto dort in der Nähe stehen, ich muss mich nämlich nachher ziemlich beeilen, meine Schwiegermutter –

Die wird doch die paar Minuten warten können, das Café in der Oper find ich eigentlich viel schöner, es hat so viel Atmosphäre, findest du nicht, und mein Auto steht in der Operngarage.

(Wenig später, im Café in der Oper.)

Wirst schon sehen, wenn deine Kinder in das

Alter kommen, in dem meine jetzt sind, da wird alles anders, jetzt sind sie ja noch lieb.

(Die Kinder von Denise sind je ein Jahr älter als die von Rosa; Denise seufzt tief.)

Meine sind doch auch fast so alt.

Was glaubst du, was in dem Alter ein paar Monate für einen Unterschied machen, als meine so alt waren wie deine, da hatte ich auch noch keine Probleme, Rosa, da waren sie auch noch so lieb und nett wie deine.

(Sieht Rosa mitleidig an.)

Du wirst schon sehen –

(seufzt ein wenig von oben herab auf Rosa hinunter)

– das geht über Nacht, deine Kinder sind auch nicht anders als meine.

Ja, wahrscheinlich hast du recht.

(Rosa rührt Zucker in ihre Melange, Denise bestellt Süßstoff für ihren Café Latte, auf einer Videowand läuft die Aufzeichnung einer Opernvorstellung, »La Traviata«, Denise wollte nicht so gern draußen sitzen, drinnen hat es viel mehr Flair, der Kellner bringt den Süßstoff.)

Du hast es gut, du hast ja nie geraucht, sei froh, jedes Mal wenn ich damit aufhöre, nehme ich automatisch zu.

(Rosa starrt in die Melange, in der die stummen vorwurfsvollen Augen ihrer Schwiegermutter schwimmen.)

Vielleicht sollte ich doch wieder rauchen.

Ob das wirklich gut ist –

(Rosa wirkt abwesend, sie denkt an die einundzwanzig Euro Strafe, die sie möglicherweise wegen Nichtentrichtung der vorgeschriebenen Parkgebühr zahlen muss.)

Aber man darf ja ohnehin kaum mehr irgendwo rauchen.

Ja, das stimmt –

(Rosa fröstelt im Zug der Klimaanlage)

– und was macht dein Liebesleben?

Ach, wie immer –

(seufzt)

– mit meinem Mann rede ich zur Zeit kaum und –

(schüttelt ihr halblanges, frisch blondiertes und gesträhntes Haar)

– und Holger?

Der ruft mich dauernd an und schickt mir SMS.

Ist doch toll.

Nein, wenn mir ein Mann nachläuft, reizt er mich nicht mehr.

Aber du warst doch so deprimiert –

Ja, schon, du hast ja recht, aber das ist eben bei mir so.

(Ihr Handy meldet lautstark das Eintreffen einer SMS.)

Da, schau!

(Sie holt die neue SMS auf das Display, hält es

Rosa vor die Nase: Meine Liebste! Du fehlst mir so, ich liebe dich so sehr! Ich denke gerade an unsere zärtlichen Stunden im – Rosa liest nicht weiter.)

Wahnsinn, ich habe noch nie eine solche SMS gekriegt.

Nicht wahr.

(Denise lächelt stolz, steckt das Handy wieder in ihre Louis-Vuitton-Tasche.)

Aber eigentlich bin ich mit ihm zerstritten.

Aha.

Und mit seiner Frau auch.

(Denises Handy klingelt, sie hebt ab, steht auf, entfernt sich, Rosa rührt im Rest ihrer Melange, betrachtet angestrengt die Bläschen im Milchschaum, die knisternd platzen.)

Meine Schneiderin ist jetzt doch schon zu Hause, tut mir echt leid Rosa.

(Bedauernder Gesichtsausdruck, legt drei Münzen auf das Marmortischchen.)

Ich muss gleich los, kannst du für mich zahlen?

(Nimmt ihre Louis-Vuitton-Tasche.)

War nett, mit dir zu plaudern, Rosa!

(Küsst Rosa auf beide Wangen.)

Ciaociao! Melde dich doch, wenn du wieder einmal in der Stadt bist!

(Denise geht ab, Rosa winkt.)

Noch einen Wunsch die Dame?

Ich möchte bitte zahlen.

Zusammen?

(Rosa hält dem Kellner einen Geldschein hin.)

Stimmt so.

(Kellner ist erstaunt und erfreut zugleich.)

Bedanke mich höflichst, Gnädigste, wünsche noch einen recht angenehmen Tag, höflichsten Dank.

Danke auch.

(Rosa bleibt sitzen, zerreißt die Rechnung in kleine Stücke, ohne es zu merken, starrt auf die Videowand, »La Traviata« bewegt sich ohne Ton; sie verlässt das Café, steht unschlüssig davor; ihr Blick fällt auf den Springbrunnen; sie macht ein paar Schritte, stellt sich ganz nah an den Brunnen und schließt die Augen, sie spürt den feinen Sprühregen auf ihrem Gesicht, sie spürt ihn auf ihren nackten Armen, durch ihre dünne weiße Bluse, sie spürt den weichen Sprühregen auf ihrem linken Fuß, sie lächelt.)

Entschuldigen Sie, darf ich Sie kurz etwas fragen, nur ganz kurz.

(Rosa öffnet die Augen, blinzelt.)

Ja bitte?

(Ein Mann, groß, dunkelhäutig, korpulent, pechschwarzes Haar, riesige Nase, wulstige Lippen, runde Brille, steht plötzlich neben ihr, wie aus dem Boden gewachsen.)

Haben Sie Probleme mit Ihren Füßen?

Ja, und wie!

(Rosa lächelt.)

Sehen Sie, das sehe ich auf den ersten Blick, und ich bin fast sicher: Es ist der linke Fuß.

(Der Mann strahlt eifrig.)

Darf ich mich vorstellen, Paul Jankiewitz, ich bin Doktor der Psychologie. Sie haben also Probleme mit Ihrem linken Fuß, das habe ich sofort gesehen. Bestimmt haben Sie auch ein Beziehungsproblem, bei Menschen, die Probleme mit ihrem linken Fuß haben, besteht so gut wie immer ein Beziehungsproblem.

Stimmt!

Sie finden mich doch nicht aufdringlich?

Keineswegs.

Leben Sie in Trennung?

(Fixiert Rosas Gesicht.)

Oder haben Sie eine Trennung hinter sich, ja, vermutlich haben sie sich gerade von jemandem getrennt. Sie belasten nämlich Ihre Füße unterschiedlich stark, das ist für mich als Psychologen ein Hinweis auf seelisches Ungleichgewicht, ganz eindeutig.

Ja, Sie haben das richtig erkannt, absolut, stellen Sie sich vor, gerade in diesem Augenblick spüre ich meinen linken Fuß und trenne mich gleichzeitig von jemandem, eigentlich nicht von jemandem sondern von etwas.

(Der Mann gerät in Fahrt.)

Darüber müssen Sie mir Näheres erzählen, mein Institut ist gleich dort drüben –

(er gestikuliert in eine unbestimmte Richtung)

– ich kann Ihnen helfen, glauben Sie mir.

(Rosa sieht ihm fest in die Augen, streckt ihm ihre rechte Hand hin.)

Vielen Dank Herr Doktor, nicht nötig, Sie haben mir schon geholfen.

Wirklich?

Ja –

(Rosa ist ganz ernst)

– sehr sogar.

(Dreht sich um und geht, der Mann bleibt verdutzt zurück.)

Hallo, du, es wird noch etwas länger dauern, ich bin aufgehalten worden, ich ruf dich dann einfach an, wenn ich in der Nähe bin, ok?

(Aber –)

Danke! Grüß die Kinder von mir! Bis dann!

(Rosa stellt ihr Mobiltelefon auf lautlos, geht zurück in Richtung Stephansplatz, beschwingt, federnd; ihr Gesichtsausdruck ist vergnügt; ohne zu zögern betritt sie das Schuhgeschäft; sie probiert die roten Schuhe an; sie passen wunderbar, ihr Handy läutet, lautlos. Denise ruft an. Rosa drückt auf den roten Knopf, Anruf abgewiesen.)

Perfekt, die nehme ich!

Mit oder ohne Schachtel?

Ohne Schachtel bitte, und ich ziehe die Schuhe gleich an.

(Rosa verlässt das Schuhgeschäft, entsorgt die alten Schuhe im nächsten Mülleimer, freut sich auf das Croissant, das sie gleich in ihrem Lieblingscafé bestellen wird, bewundert die roten Schuhe an ihren Füßen im Spiegel einer Auslage, während zur selben Zeit eine ebenso aufmerksame wie gewinnbeteiligte Parkwächterin in dunkelblauer Uniform den blauen Einstunden-Parkschein hinter der Windschutzscheibe von Rosas Autos kontrolliert und eine Parkzeitüberschreitung feststellt. Sie zückt Block und Kugelschreiber, wird jedoch an ihrer Amtshandlung gehindert, weil sie, ausgerechnet in diesem Moment, Zeugin eines Auffahrunfalls wird, der bis auf Weiteres ihre ganze Aufmerksamkeit beanspruchen wird.)

16 Uhr 50 bis 17 Uhr,
Marie

Die Zeitanzeige springt auf 16 Uhr 46, als Marie aus der Bahnhofshalle hinaus auf den Bahnsteig tritt, durch die Glasschiebetür, die sich automatisch öffnet und schließt, neu eingebaut statt der herkömmlichen Schwingtüren, um Zugluft zu vermeiden; auf Gleis zehn soll der Zug ankommen; hätte der Zug eigentlich, laut Fahrplan also, längst ankommen sollen, vor geraumer Zeit schon; auf der Anzeigetafel in der großen Halle des Westbahnhofs hat Marie, viel früher noch, die voraussichtliche Verspätung des ICE aus Basel abgelesen: dreißig Minuten, und ist noch einmal weggefahren, um das Buch zu besorgen, das sie ihm bei seiner Ankunft hat überreichen wollen, es war ihr ganz plötzlich in den Sinn gekommen (warum eigentlich erst so spät), ihm das Buch zu schenken; leider, hat der Verkäufer zu ihr gesagt, nach einem Blick auf den Computerbildschirm, leider: Das Buch ist noch nicht im Handel. Jetzt, auf dem Bahnsteig, presst Marie ein anderes Buch gegen ihren Oberkörper, als Erkennungszeichen: das Buch, das er ihr geschenkt hat, damals, weil sie, Marie, ihn an dieses Gedicht erinnert hat.

Gleich nach der automatischen Glasschiebetür ist Marie stehen geblieben, dort wo die Lokomotive halten wird (es ist ein Kopfbahnhof), denn sie hat Angst, ihn zu verpassen, womöglich nicht gleich wiederzuerkennen, denn seit jener Nacht hat sie Philippe nie wieder gesehen. Etwa gleich stark ist ihre Angst, ihn nicht zu verpassen, ihn wiederzuerkennen, ihre Angst vor der Enttäuschung einer Erwartung, ja, was erwartet sie eigentlich?, vor der Enttäuschung einer unbestimmten Erwartung; nervös tritt sie von einem Fuß auf den anderen; blättert in dem kleinen, schmalen Gedichtband, Pierre Jean Jouve, Les Noces, die Hochzeit.

Etwas verloren stand das blonde Mädchen auf der Place de L'Église Saint-Sauveur; auf einer Art Parkplatz hatte sie sich postiert, dort jedenfalls, wo sie dachte, dass Autos gut stehen bleiben konnten, denn womit sonst als mit einem Auto hätte er sie abholen sollen, auf einem weißen Pferd etwa? Sie trat von einem Fuß auf den anderen, nervös; sie hatte Angst, er würde nicht kommen, ebenso wie sie Angst davor hatte, dass er tatsächlich kam, eine diffuse Angst vor dem Unbekannten und Unabwägbaren; er war vierundzwanzig, zumindest hatte er gesagt, er sei vierundzwanzig, der Ouest-France-Journalist, der von der bretonischen Tageszeitung dazu ausersehen worden war, die Gruppe aus dem Sprachferiencamp in die Geheimnisse des Entstehens einer Zeitung einzuweihen, von der Redaktion bis zur Produktion (Excursion Ouest-France, so stand es im Programm des Sprachferiencamps). Das Mädchen hingegen hatte gar nichts gesagt, denn der Journalist hatte sie nicht nach ihrem Alter gefragt, als er sie persönlich anredete, ausgerechnet sie, ihr direkt in die Augen sah, ihr, die seine Sprache am besten von allen beherrschte, praktisch akzentfrei, sagte er, ihr, die vehement bestritt, seine Sprache an der Universität zu studieren; gelacht hatte er und ihr nicht geglaubt; und nach einer Weile: ob er sie zu einem Ausflug einladen dürfe, am nächsten Tag, ihr die Gegend zeigen, seine Heimat: Fougères, connaissez-vous Fougères? Sie hatte den unruhigen Blick gesenkt, mit der Antwort gezögert, mais vous n'avez pas peur?, hatte er gefragt, sie ein wenig belustigt angesehen, mit seinen dunklen, leicht vorgewölbten Augen, die dennoch tief lagen, lebhaft blitzend, künstlich entsetzt! Mais non, aber nein, beeilte das Mädchen sich zu sagen, natürlich habe ich keine Angst, überhaupt nicht, warum sollte ich Angst haben! Die beiden hatten fast keine Zeit, fast keinen Raum, fast keine Gelegenheit; sie konnten nur ein paar Sätze austauschen, der Journalist und das Mädchen, und ein paar Blicke hin- und herwandern lassen, asynchron: Kaum war er mit der Sprachferiencamp-Gruppe beschäftigt, legte ihr Blick sich verstohlen auf sein Gesicht, kaum war ihre eigene Aufmerksamkeit abgelenkt, legte sein Blick sich auf das ihre, nur Bruchteile von Sekunden lang kreuzten sich ihre Blicke, huschten durch einander, erzeugten wortlos Gewissheit über das Interessiertsein des einen am anderen, unaufgefordert, unabsichtlich und deshalb: eindeutig; sie stand etwas abseits der Gruppe, während er redete und redete und dabei den Oberkörper etwas nach vorn neigte; er war nicht besonders groß, sein schlanker Körper steckte in hellen Hosen, darüber trug er ein weißes Hemd mit lässig aufgekrempelten Ärmeln, der Kragen stand weit offen; lebhaft sprach er seinen Text, Zahlen, Fakten, Daten, Geschichten über den Zeitungsalltag, die Redaktion, die Produktion; er gestikulierte sparsam, nützte weidlich die besondere Freiheit seiner Sprache, die nicht in ein enges Korsett streng vorgeschriebener Betonungen gezwängt war wie zum Beispiel die Sprache des Mädchens: Er ließ seine Sprache frei fließen, um da und dort lustvoll energisch Akzente in den Strom von Worten zu setzen, die auf- und abwogten, scheinbar willkürlich, und Freiheit suggerierten, totale Freiheit. Place de L'Église Saint-Sauveur, à Dinan? Demain matin, disons, à onze heures? Oui, d'accord, je serai là, sagte das Mädchen und nickte heftig, als ob ihr Einverstandensein einer Bekräftigung und ihr Mut einer Stärkung bedurfte, à demain alors! À demain alors, rief er dem Mädchen noch nach, als die Sprachferiengruppe den Bus bestieg, der sie von Rennes zurück nach Dinan bringen sollte, lächelte, winkte: Et n'oubliez pas, Mademoiselle, Place de L'Église Saint-Sauveur!

Die Uhr auf dem Bahnsteig zeigt 16 Uhr 50. Heute Morgen hat Marie ihr fast schulterlanges Haar sorgfältig hochgesteckt, die weißen Fäden, die sich mit den Jahren unter die blonden gemischt haben, sind durch aschblond gefärbte Strähnchen perfekt getarnt. In dem mittelblauen Etuikleid ohne Ärmel sieht Marie sehr französisch aus. Für Anfang Juni ist es ungewöhnlich heiß, trotzdem hat sie sich für Strümpfe entschieden, hauchdünne Zehn-DEN-Strümpfe, die ihre immer noch schlanken Beine leicht gebräunt erscheinen lassen, légèrement bronzés, makelloser als sie in Wirklichkeit sind; die feinen blauen Äderchen da und dort sind darunter verschwunden und auch der blaue Fleck, den sie sich heute Morgen zugezogen hat, an der Bettkante, nervös, wie sie war; alle Makel: verschwunden, so gut wie. Was habe ich angehabt, damals, Jeans und T-Shirt oder Rock und Bluse, und habe ich die Haare kurz getragen, war es ein Peugeot 204 oder ein Peugeot 304 und war er nun weiß oder cremefarben, war es ein Cabrio oder wünsche ich mir nur, es möge ein Cabrio gewesen sein, denn wenn es tatsächlich ein Cabrio war, müsste ich mich doch erinnern können, zumindest das müsste mir im Gedächtnis geblieben sein.

Pünktlich um elf Uhr Vormittag hielt ein kleiner

heller Wagen neben dem Mädchen. Bonjour! Ein freudig gespanntes Erwarten des Ungewissen hielt sich mit einer verschwommenen Angst vor genau diesem Ungewissen schwankend die Waage, nun, als der Journalist ihr galant die Beifahrertür aufhielt, mit einer leichten Verbeugung, ein Lächeln in den Augenwinkeln. Bonjour, ça va bien? Es war die Tür eines kleinen Peugeot Coupé. Voilà! Sie versuchte, sich das Modell einzuprägen, um ihrem Bruder imponieren zu können, später, zu Hause. Zum gespannten Erwarten und zum Angsthaben gesellte sich etwas Drittes: Stolzsein. On y va? Er startete den Motor, sie lehnte sich zurück in den Sitz, kühles rotes Kunstleder. Sie, die Außenseiterin in der Sprachferiencamp-Gruppe, die Jüngste, die Unauffällige, über die hinweggeredet und hinweggesehen wurde, als wäre sie gar nicht vorhanden, die Unsichtbare, die Geradenochgeduldete, ausgerechnet sie war ausgewählt worden; ein Erwachsener, ein ausgewachsener Mann, ein unvoreingenommener Fremder verwandelte sie, in einem Augenblick, von einem unscheinbaren Fünften Rad am Wagen in eine Sportwagenbeifahrerin. Warum war sie Außenseiterin, warum war sie Auserwählte, sie wusste es nicht. Fougères wollte er ihr zeigen, der Journalist, und wandte dem Mädchen rasch den Kopf zu, einen Seitenblick; ein Seitenblick nach dem anderen traf sie, während der Sportwagen sich auf der Landstraße Richtung Rennes vorwärts bewegte, ziemlich schnell. Das Mädchen hingegen drehte den Kopf nur selten nach links, lächelte stattdessen, sah vor sich auf die Straße oder aber aus dem Fenster, ohne das, was an ihr vorüberzog, wahrzunehmen, jedenfalls ohne das Wahrgenommene dauerhaft zu speichern, nicht so, dass sie später davon hätte erzählen können; auch das meiste von dem, was der junge Mann neben ihr sagte, glitt durch sie hindurch, an ihr vorbei; nur Fetzen spießte ihr Gedächtnis auf, belanglose Teile von Gesprächen, die Autos in Deutschland, vous savez, die glänzen, während ihre Besitzer, er sah zu ihr hinüber und zog die Mundwinkel nach unten, sont comme ça, dans votre pays par contre, in dem Land von Marie hingegen, les voitures sont sales, doch die Leute, sont comme vous, Marie, und er strahlte sie an und zog die Mundwinkel fast bis zu den Ohren; dazu sollte ein vager Eindruck von bretonischer Landschaft in ihr zurückbleiben, hügelig grünes Buschwerk, das Felder begrenzte (trocken, sonnengebleicht, denn es war ein ungewöhnlich heißer Sommer), abwechselnd durchschnitten von Kurven und Geraden, Asphalt und weißen Straßenmarkierungen, die sich im Inneren des Mädchens mit Gefühlen von Geschwindigkeit, Freiheit und Gefahr vermischten, zu einem für immer unentwirrbaren Geflecht; die innere Anspannung verhinderte die Wahrnehmung der äußeren Wirklichkeit, das Innen und das Außen hoben einander auf, schützten sich gegenseitig wovor auch immer, löschten einander aus, für alle Fälle, nur so zur Sicherheit. Zuerst Rennes, dann Fougères, nous allons à Rennes tout d'abord, erst Rennes, dann erst Fougères, d'accord? Er musste noch in der Redaktion vorbeischauen, dort würden sie zu Mittag essen, in der Kantine. Graue Tische? Klapperndes Geschirr? Andere Menschen um sie herum? Gebratenes Rindfleisch, ein dünnes Steak, avec des haricots verts et des petites pommes de terre sautées; das Stück Fleisch blieb halb blutig in ihrem Gedächtnis hängen, zähes Gefühl endlosen Kauens, bis wieder ein Bissen geschluckt werden konnte, hinuntergewürgt unter Zuhilfenahme von Wasser, non gazeuse; und zwischen den Bissen: die Rettungsanker, die weich gekochten Fisolen, die gebratenen Minikartoffeln. C'est bon? Oui, c'est très bon.

Auf dem Bahnsteig, Gleis zehn, hat sich gespanntes Erwarten breitgemacht, aufgestaut zwischen den Abfahrwilligen und Willkommenheißenden, *Achtung, Gleis neun, Regionalzug aus Rekawinkel fährt ein, bitte Vorsicht!* Das quietschende Dröhnen des Zuges, der auf dem Nebengleis einfährt, übertönt das dröhnende Pochen in den Ohren der Frau im mittelblauen Etuikleid, als der Zeitanzeiger auf 16 Uhr 58 springt. *ICE aus Basel, Planankunft 16 Uhr*

28, wird voraussichtlich weitere zehn Minuten verspätet sein. Marie spürt, wie das Dröhnen in ihren Ohren schwächer wird, das Pochen langsamer. Das zähe, noch blutige Fleisch fällt ihr ein, die Fisolen, die Kartoffeln. (Was ihr nicht einfällt: der Zehn-Minuten-Gratisparkschein, den sie ausgefüllt hat, ohne die Möglichkeit einer weiteren Verspätung in Betracht zu ziehen.) Und worüber haben wir eigentlich gesprochen, über Politik scheint mir, haben wir gesprochen, er hat über Politik gesprochen, ich wohl kaum, und über Gedichte? Sind schon die Gedichte zur Sprache gekommen oder erst später?

Der Journalist war auch Student, er studierte Rechtswissenschaften und Philologie in einem der letzten Semester, erfuhr das Mädchen auf dem Weg von der Kantine zu seinem Redaktionsschreibtisch, und wurde noch ein wenig stolzer und ein wenig ängstlicher, eingeschüchtert beinahe. Auf dem Schreibtisch lag, wie zufällig, das Manuskript eines Artikels, den er verfasst hatte, wie er so betont nebenbei bemerkte, und ein Exemplar der Zeitung (das sie jahrzehntelang aufbewahren sollte, als Beweisstück, als Indiz), und dann noch: ein Schild mit einem Vor- und einem Nachnamen, seinem Vor- und Nachnamen, vermutete das Mädchen; bis zu diesem Augenblick hatte sie nichts als seinen Vornamen gewusst, so wie auch er nichts von ihr wusste, nur wie sie mit Vornamen hieß und aus welchem Land sie kam; und (das wurde ihr, die es die ganze Zeit über gewusst hatte, in diesem Augenblick bewusst) auch niemand sonst in diesem Land wusste etwas von ihr oder über sie, auch die bretonische Gastfamilie nicht, bei der sie wohnte; niemand wusste jedenfalls, wo sie, die Fünfzehnjährige, sich an diesem Tag befand: Sie hatte niemandem davon erzählt, also konnte auch niemand ahnen, dass sie in diesem Augenblick wieder in den hellen Sportwagen kletterte, der einem ihr vollkommen Unbekannten gehörte und wenig später vor einem Café in der Innenstadt von Rennes hielt. Sie nahm dunkles Holz wahr und wenig Licht, als sie das kleine Lokal betraten; sie spürte kühles Leder oder Kunstleder unter ihren Händen, die sie aufstützte, wie um sich festzuhalten (ihre Hände waren feucht und hinterließen Abdrücke); vous prenez un café noir? Oui, sie lächelte, merci, und trank den Espresso, den er für sie bestellt hatte, den ersten ihres Lebens, ohne Milch, ohne mit der Wimper zu zucken. Du sucre? Zucker, ja, immerhin. Ein Mann, schon älter, grau, kam quer durch den Raum auf ihren Tisch zu, schnurstracks, begrüßte enthusiastisch den jungen Mann; die beiden wechselten ein paar Sätze über das Befinden des jeweils anderen, über das Wetter, die Hitze, sie drückten wechselweise die Hoffnung aus, einander bald wieder zu sehen, das Mädchen, beschäftigt mit dem Espresso ohne Milch, hörte nicht wirklich zu. C'était, sagte der Journalist (triumphierend?), als der andere gegangen war, un de mes professeurs de l'université: Normalerweise, sagte er, und sah sie an (stolz?), normalerweise sieht er mich gar nicht (das Mädchen sagte nichts), er sieht mich nur, weil ich mit Ihnen zusammen hier bin (das Mädchen schüttelte den Kopf, verwirrt), vous lui plaisez, vous êtes très jolie, vous savez, Sie sind sehr hübsch, wissen Sie (das Mädchen blickte zu Boden, errötete, konnte es nicht glauben und hatte Angst).

Es muss kurz gewesen sein, mein Haar! Vielleicht nicht ganz kurz, eher das Gesicht umrahmend, weich, ein wenig die Stirn bedeckend, leicht gewellt, und ich muss das naturfarbene T-Shirt getragen haben, mit der Blumenstickerei vorne drauf, helle Jeans – dazu diese Tasche, ja, diese braune Umhängtasche! Darin Bleistift, Kohlestift, Kugelschreiber, Portemonnaie, Skizzenheft, Adressbuch, alles auf Schritt und Tritt auf dem Taschenboden hin und her rutschend, auf- und abhüpfend, dieses hohl scheppernde Geräusch erzeugend, Tasche! ist zu viel gesagt: ein einziger harter, steifer Hohlraum – und dieser Verschluss! Ein großer Knopf auf der Lasche, ein dünnes raues Lederband auf dem Taschenbauch, zum Zuzurren.

J'aime bien votre nom – Marie, c'est joli, très joli, sagte der Journalist, sehr hübscher Name, Marie, und sah das Mädchen an, ein Lächeln in den

Mundwinkeln und Ernsthaftigkeit in den Augen, das Mädchen lächelte schüchtern; er schnippte nach dem Kellner; das Mädchen versuchte, den Verschluss der Handtasche zu öffnen, nervös, das mehrfach verknotete Lederband zu entknoten, wie sind die Knoten da hineingekommen?, um endlich das Portemonnaie herauszunehmen, mais non Marie, je vous invite, Sie sind selbstverständlich eingeladen.

Es ist 17 Uhr 05. Der lila Gratis-Parkschein in Maries Auto verliert in dieser Sekunde seine Gültigkeit. In fünf Minuten müsste der Zug in den Bahnhof einfahren. Marie nimmt die beiden Zettel aus ihrer eleganten schwarzen Handtasche, entfaltet sie: ein Zettel mit zwei ausgedruckten E-Mails und der Ausdruck einer Internet-Seite, auf der ein Mann abgebildet ist; das Foto ist klein, nicht sehr deutlich, trotzdem eindeutig: Philippe (wenn sie sich die Jahre wegdenkt, die dreißig Jahre, und die Körperfülle). Seine Augen hat sie sofort wiedererkannt, die dunklen Augen, die sich, obwohl sie tief liegen, leicht nach vorne wölben, doch die Haare, die immer noch dunklen Haare? Sind seine Haare nicht anders gewesen? Nach hinten frisiert, statt in die Stirn zu hängen? Hat er sie nicht mit einer ganz eigenen Bewegung zurückgestrichen, irgendwie: verwegen; oder spielt meine Erinnerung mir Streiche: verbiegt Bilder, wirft Haare zurück und lacht sich ins Fäustchen.

Mit dem Portemonnaie hat das Mädchen das rote Skizzenheft aus der Tasche gekramt, unabsichtlich, c'est quoi ça, un cahier de dessin? Der Journalist blättert, je connais cette maison, et ça, c'est L'Église Saint-Sauveur; er ist verblüfft, das Haus und die Kirche zu erkennen, auf Maries Zeichnung, mais vous êtes douée! Nein, protestiert das Mädchen entschieden, begabt keineswegs, nur: Mit dem Skizzenheft fühlt sie sich weniger allein, wenn sie durch die Stadt spaziert, weniger einsam, nicht so ziellos, nicht so deplatziert, et c'est qui, ça?, fragt er und deutet auf eine andere Seite in dem roten Heft, ach, das sind nur die Kinder meiner Sommergastfamilie, et le chien? ja, und das ist ihr Hund, vous m'étonnez de plus en plus Marie, vous savez, Sie erstaunen mich immer mehr.

Marie starrt immer noch auf die ausgedruckte Seite mit dem kleinen Foto. Wer oder was hat ihr den schmalen Gedichtband in die Hände gespielt, nach all den Jahren, der Zufall, das Schicksal? Oder das Packen der Übersiedlungskartons. Das Sortieren, das Sortieren des eigenen Lebens, das radikale Auseinanderdividieren, hier die Spreu, dort der Weizen, egal, Spreu und Weizen werfen dieselben Fragen auf: Was nehme ich mit, was verschenke ich, was vergrabe ich, was lasse ich zurück. Pierre Jean Jouve, Les Noces, Spreu oder Weizen, verschenken, vergraben? Maries Notebook ist gerade aufgeschlagen gewesen, Zufall, und die Funkverbindung zum Internet eingeschaltet, und sie hat den Namen in die elektronische Suchmaschine eingegeben, nicht den Namen des französischen Dichters, Pierre Jean Jouve, nein, den Namen des französischen Journalisten hat sie eingegeben, der auf dem Kärtchen vermerkt gewesen ist, auf dem Redaktionsschreibtisch: Sie hat den Namen eingetippt, den sie unheimlich gründlich vergessen hatte, der ihr in dieser Sekunde eingefallen ist, den sie urplötzlich und deutlich vor sich gesehen hat, auf diesem Kärtchen, in Großbuchstaben. *Sie werden sich vielleicht nicht an mich erinnern*, hat die E-Mail begonnen, die Marie an die auf Philippes Website angegebene Adresse versendet hat; spontan, auf gut Glück, ohne lange nachzudenken, hat sie auf das Symbol mit dem Papierflieger geklickt: E-Mail versenden. Und dann, am nächsten Tag, die knappe Antwort geöffnet, im Ordner: Empfangen. *Mais oui, me souviens très bien, ich werde demnächst auf der Durchreise nach Wien kommen, Philippe.* Nummer des Zuges, Datum, Uhrzeit, voilà, sonst nichts.

Das Mädchen, die Fünfzehnjährige, die einen schwärmerischen Hang zum Mittelalter hatte, eine Schwäche für mittelalterliche Häuser und Burgen, die am liebsten in jener Zeit gelebt hätte (je suis née beaucoup trop tard – par erreur, je crois, par une erreur de je ne sais qui, ich bin im falschen

Jahrhundert geboren, irgendjemand, ich weiß nicht wer, hat sich geirrt), schlenderte durch den Park von Fougères, die Burgmauer entlang; der Journalist besuchte indessen seine kranke Mutter, ließ das Mädchen allein zurück, nur kurz, nachdem er sie ein Stück begleitet hatte. N'ayez pas peur, je reviens tout de suite, hatte das Mädchen Angst, er würde nicht wiederkommen, sie vergessen, sie aussetzen? Nein, sie hatte keine Angst, blätterte in dem Taschenbuch, das er ihr feierlich überreicht hatte, es war ein Gedichtband; sie hatte einen Hang zu Gedichten, wenn auch bis zu jenem Tag keinen Hang zu französischen Gedichten; sie schlug das Buch auf der Seite mit dem blauen Lesezeichen auf; mit Bleistift war ein Gedicht angestrichen.

Mozart

Connaissez-vous Salzburg à six heures en été kennen Sie Salzburg um sechs Uhr im Sommer *Frissonnement* Erschaudern *plaisir* Vergnügen *le soleil est couché* die Sonne ist untergegangen *est bu par un nuage* getrunken von einer Wolke *Frissonnement – à Salzburg en été* Erschaudern in Salzburg im Sommer

O divine gaité tu vas mourir captive o göttliche Heiterkeit, du wirst sterben gefangen *o jeunesse inventée* o erfundene Jugend *mais un seul jour encore* aber ein einziger Tag noch *entoure ces vraies collines* umgibt diese wirklichen Hügel *il a plu* es hat geregnet *fin d'orage* Gewitter – Ende.

O divine gaité apaise ces gens o göttliche Heiterkeit, gib Frieden den Menschen *aux yeux fermés* mit ihren geschlossenen Augen *dans toutes les salles de concert du monde* in allen Konzertsälen der Welt.

Der Journalist kam zurück, wie versprochen, fand das Mädchen im Park, sie gingen spazieren, ja wo, die Stadtmauer entlang, im Park, innerhalb der Burgmauern? Nur eine vage Erinnerung an den Ort sollte in dem Mädchen zurückbleiben, überlagert vom Gefühl eines allmählichen Versinkens in einen warmen bretonischen Julinachmittag, der fort- und fortschritt, bis die Sonne unversehens tief stand, in einer Wolke zu ertrinken drohte, sie beide mahnte, wieder aufzutauchen aus dem Gespräch, in das sie so lebhaft versunken waren, ernst, lachend, konzentriert und unbeschwert, ein Gespräch über, ja worüber, Gedichte, Kunst, das Leben, Mozart? Das Leben.

Marie schlägt das Buch auf, die Seite, auf der mit Bleistift das Gedicht angestrichen ist, *Mozart*; es ist Punkt fünf Uhr Nachmittags, *Achtung, Gleis zehn, ICE aus Basel fährt ein, bitte Vorsicht!*

Wann müssen Sie zurück sein, ich möchte Ihnen unbedingt noch etwas zeigen, kommen Sie, steigen Sie ein, sagte der Journalist zu dem Mädchen, geheimnisvoll; beinahe hatte sie ihre Angst ganz vergessen, stieg ein, das Buch sorgfältig in ihre Tasche gepackt, zu dem Skizzenheft, Les Noces, die

Hochzeit. Sie fuhren durch Dämmerlandschaft, ein paar endlose Kilometer, oder waren es mehr, gelangten zu einem Château, vielmehr den Überresten eines solchen; da war eine Burgruine und davor – ein Volksfest? Vous connaissez Son et Lumière? Non? Jamais vu? Licht-und-Ton-Spektakel vor historischer Kulisse: die Geschichte des Ortes lebendig machen, die Menschen in Stimmungen längst vergangener Zeiten versetzen, sie zu einer Zeitreise verführen; erst spät in der Nacht sollte das Spiel beginnen, erst gegen halb elf; inzwischen: Limonade, Crêpes und Galettes, oder waren es nur Crêpes, mit Zucker und Marmelade, warm und süß, da legte der Journalist den Arm um das Mädchen, ganz leicht nur, sie kaum berührend; sie sollte sich nicht mehr erinnern können, ob er sie tatsächlich je berührt hatte. Vous savez, sagte er und wandte ihr das Gesicht zu und sie tat es ihm gleich, nichts ahnend, tu sais, je pourrais tomber très amoureux de toi, wissen Sie, weißt du, ich könnte mich sehr in dich verlieben. Da erstarrte das Mädchen, sie spürte Angst und so etwas wie: Bedauern? Bedauerte sie ihre Angst, ihr Unvermögen, sich davon zu befreien? Bedauerte sie, dass sie sich richtigerweise am richtigen Ort befand, jedoch zur falschen Zeit? Im falschen Jahrhundert gar? Bedauerte sie die Unwiederbringlichkeit? Sie senkte den Blick, starrte zu Boden: Mais, vous savez, je n'ai que quinze ans. Erst fünfzehn, sie war erst fünfzehn! Er sah sie an und sagte nichts. Sie hielt den Blick gesenkt und schwieg. Weder ihre Angst vor dem erotischen Funken hätte sie benennen können, geschweige denn begründen, noch ihr Bedauern darüber, diesen Funken nicht überspringen zu lassen, instinktiv, ihn zu löschen, in diesem Augenblick, ihn löschen zu müssen; wie hätte sie auch wissen können, dass der Ausschnitt aus einem Lebensbild, in das sie zufällig geraten war, als Beteiligte und Aufzeichnerin zugleich, dass dieser winzige Ausschnitt (nur einen sonnigen Nachmittag breit und eine mondhelle Nacht hoch), bereits das ganze Bild in sich trug, es vorwegnahm; dass die Motive jenes Tages die Motive seines Lebens waren und bleiben sollten; wie hätte sie auch nur ahnen können, dass sie mehr als dreißig Jahre später auf einen Knopf drücken und das ganze Bild auf einem kleinen Bildschirm wiederfinden sollte: Bücher, die er geschrieben und verlegt haben würde, über Erotik, Ekstase, Sexualität und magische Riten aus uralten Zeiten.

Die Lokomotive des ICE aus Basel hält ein paar Meter vor Marie. Fünfzehn? Auf siebzehn hatte er sie geschätzt, mindestens siebzehn oder sogar achtzehn. Jetzt ist sie einundfünfzig, er müsste fast sechzig sein. Was hat er damals gedacht, als ich gesagt habe: Mais je n'ai que quinze ans. Gott sei Dank? Schade? Zeitverschwendung? Mit einem Mal weiß

Marie, warum sie diese E-Mail geschrieben hat, warum sie hier steht, auf diesem Bahnsteig, Gleis zehn, ihre bis dahin unbestimmte Erwartung nimmt eine bestimmte Form an. Zugtüren öffnen sich, zischend, Menschen steigen aus; manche blicken suchend, andere gehen zielstrebig zum Ausgang; andere finden wieder andere Menschen, die sie willkommen heißen; wirre Menschenknäuel entflechten sich, zerstreuen sich, vereinzeln sich; nach und nach leert sich der Bahnsteig; ein Mann bewegt sich auf Marie zu, noch ziemlich weit weg, nicht mehr ganz jung, nicht mehr ganz schlank, Philippe? Was erwartet Marie, die aufgehört hat, nervös von einem Fuß auf den anderen zu treten; ihr Herz schlägt langsam und gleichmäßig; sie ist ruhig, ruhig und gespannt, gespannt auf die andere Seite, die andere Seite ihrer Geschichte: auf seine Geschichte, auf seine Seite.

17 bis 18 Uhr,
Cindy

Als sich die automatische Schiebetür des eiskalt klimatisierten Supermarkts hinter der jungen Frau schließt, bauscht ein Windstoß ihr dünnes Sommerkleid, angenehm warm, fast heiß. Zwischen der Windschutzscheibe und dem Scheibenwischer ihres Autos entdeckt sie ein weißes Stück Papier in einer Plastikhülle. Keine zehn Minuten sind vergangen, seit sie ausgestiegen ist, um schnell noch die Sheba-Stangen zu kaufen: Macht einen Euro neunundneunzig, plus einundzwanzig Euro für das Nichtentrichten der Parkgebühr. Alles nur dieses Katers wegen. Cindy ist wütend, auf sich? Auf die Parkraumüberwacherin? Auf den Kater? Erst ist sie versucht, den Strafzettel wenigstens auszunützen, trotzig; doch was, wenn jemand das Stück Papier mutwillig entfernt, wenn sie ein zweites Mal bestraft wird. Es siegt die Angst. Sie füllt einen blauen Parkschein aus, platziert ihn sorgfältig hinter der Windschutzscheibe, lässt das Auto vor dem Supermarkt stehen und geht die paar Gassen zu Fuß.

Cinderella! Wie schön, dass du da bist! Ich freu mich!

Yvona drückt sie an ihren großen Busen, küsst sie auf beide Wangen und geht voraus ins Wohnzimmer, heute besonders schwerfällig, mühselig. Wie alt mag Yvona sein? Fünfundsiebzig? Siebenundsechzig? Einundachtzig? Cindy stellt sich die Frage seit fast drei Jahren. Yvona selbst fragen? Daran hindert sie eine seltsame Scheu. Vor fast drei Jahren hat sie dieses Haus, diese Wohnung zum ersten Mal betreten; seit fast drei Jahren fährt sie jede Woche von einem Ende der Stadt zum anderen, um bei Yvona Gesangsunterricht zu nehmen. Yvonas Wohnung liegt im Erdgeschoß eines dreistöckigen Hauses aus der Jahrhundertwende. Der größte Raum ist das Wohnzimmer, und obwohl es hoch ist und Zugang zu einem kleinen Garten hat, durch eine Doppeltür mit unterteilten Glasfenstern, wirkt es düster; der hellste Punkt ist die Klemmleuchte auf dem Notenständer des Flügels. Während Cindy im Vorzimmer ihre Schuhe auszieht, barfuß ins Wohnzimmer geht, ihre Noten auspackt, auf dem hölzernen Notenständer zurechtlegt, redet Yvona ohne Unterlass über die anhaltende für Juni ungewöhnliche Hitze, ihre schmerzenden Hüften, ihre kaputte Waschmaschine, ihre nachlassende Sehkraft, die Unfähigkeit ihres Arztes, den sie aufgesucht hat oder aufsuchen will oder soll, in einem Jungmädchen-Singsang redet sie, der zum rosengemusterten, wallenden Hauskleid passt, zu den rosa

Hauspantoffeln mit der flauschigen Quaste, zu dem gelblich weißen Haar, ehemals blond, das sie weich gewellt und halblang trägt, wie die Prinzessinnen bei Walt Disney. Yvona ist Sopran. An der Wand hängt ein gerahmtes Schwarz-Weiß-Foto aus der Blütezeit ihres Daseins als Sängerin, aufgenommen lange bevor ihr Gatte sich eines Morgens von ihr und den beiden Kindern verabschiedet hat, um zur Arbeit zu gehen. Tatsächlich ist er mit seiner Freundin nach Amerika gegangen, das hat sie sehr viel später von gemeinsamen Bekannten erfahren. Seither schlägt sie sich als Gesangslehrerin durch.

Cindylein! Wie geht's denn dir heute, alles in Ordnung, hoffentlich!

Cindy nickt.

Das ist fein, fangen wir an, gell!

Trotz der Wärme draußen ist es drinnen kühl, und der Boden fühlt sich richtig kalt an. Cindy fröstelt, stellt zuerst den einen nackten Fuß auf den anderen, um ihn zu wärmen, dann den anderen. Schon bei der ersten Atemübung überfällt Cindy das diffuse Gefühl des Unbehagens, angstähnlich, das sie wie immer wegdrängt, während sie zugleich versucht, sich innerlich auf das einzustellen, was dieses Gefühl verursacht, sich dagegen zu wappnen. Auf das Übungsatmen folgen die Übungsgeräusche. Schnauben. Rrrollen. Ptkptkptk. Gähnen. Oder was Yvona sonst noch alles einfällt. Danach Brummen oder Summen auf verschiedenen Konsonanten. Cindy wünscht sich, diese Phase der Vorbereitung möge ewig dauern. Trotzdem nähert sich der Augenblick, in dem sie zu singen anfangen wird, zu singen im eigentlichen Sinn, unerbittlich.

(Es könnte der erste Ton einer Übungstonfolge sein, die schrittweise nach oben führt mit dem scheinbar sinnlosen Text *Mein Herr das erfährt der Sekretär,* gefolgt von *Oper opfert Augen voller Freud* und *Adam saß am Bach und war ganz nass* sowie *Ohne Männer lebt sich's unbeschwert*: Vokale und Konsonanten in bestimmter Reihenfolge und Häufigkeit, Eselsbrücken für die Stimmbänder. Heute allerdings wird es der Anfang einer Übungsarie von Vaccai sein, *Avezzo a vivere,* doch das weiß Cindy zu diesem Zeitpunkt nicht, denn sie ist noch mit Brummen beschäftigt.)

Willst du noch so eine Übung machen oder sollen wir mit dem Singen anfangen, Cindylein?

Noch eine Übung.

(Lieber noch einmal brummen, gähnen oder lallen oder was auch immer, wenn es nur das Singen hinauszögert, diese ersten gesungenen Töne, doch irgendwann ist es so weit.)

Soll ich dir's einmal vorsingen, Kindchen? Fragt Yvona schließlich und singt, ohne eine Antwort abzuwarten, mit ihrer uralten Jungmädchenstimme.

Cindy ist die Kurzform von Lucinda, Lucinda

war der Name einer Balletttänzerin, Balletttanzen war der unerfüllte Kindheitstraum ihrer Mutter gewesen: Für ihr Leben gern wäre Lucindas Mutter Balletttänzerin geworden. Und so bekam Lucinda, wie ihre Mutter sie vom Säuglingsalter an zu nennen pflegte, als kleines Mädchen Ballettunterricht. Lucinda fand Ballett wunderschön! Am wunderschönsten allerdings fand sie nicht die Ballettstunden selbst, am glücklichsten fühlte sie sich vielmehr: danach, nach diesen Stunden, wenn sie sich in ihr kleines Zimmer zurückziehen und einschließen konnte, rücklings auf dem Bett lag, die Augen geschlossen, in Vorfreude auf das, was sie gleich sehen würde in dem Film, in dem sie die Hauptrolle tanzte. Anmutig schwebt Lucinda, schlank und rank, in einem kurzen rosa Kleid über die Bühne, auf Zehenspitzen. Das lange blonde Haar streng zu einem Knoten hochgesteckt, liegt sie in den Armen des wunderschönen Jünglings, der sie mühelos hochhebt und dreht und dreht und dreht. Sie lächelt, ganz ohne Zahnspange. Das Publikum applaudiert, begeistert, tosend. Sie verbeugt sich, artig, und der junge Mann hält fest ihre Hand. Nachdem ihre Mutter der dritten Ballett-Schulaufführung beigewohnt hatte, in der Lucinda eine winzige Rolle tanzte, sagte sie zu ihrer kleinen Tochter nur diesen einzigen Satz: Du *musst* nicht mehr in Ballett gehen, wenn du nicht mehr *willst*.

Dabei wackelte sie heftig mit dem Kopf, schüttelte ihn rundherum und nach allen Seiten, und dieses mütterliche Kopfwackelschütteln drückte alles aus, was sie nicht aussprach: Nachsicht, Enttäuschung, Vorwurf, Mitleid, Verachtung. Der Kopf der Mutter schüttelte das Mädchen brutal und ein für alle Mal aus ihrem rosa Traum. Auch Lucinda sprach nichts von dem aus, was sie dachte oder fühlte. Sie ging nie wieder zum Ballettunterricht. Sie weigerte sich, darüber zu sprechen oder auch nur daran zu denken, denn das bloße Darandenken brachte sie dazu, sich zu schämen. Sie nannte sich fortan Cindy und bestand darauf, so genannt zu werden.

Sobald Yvonas jungmädchenhaft gealterte Stimme verklungen ist, bereitet Cindy sich auf das eigentliche Singen vor, das Hervorbringen des ersten gesungenen Tones, atmet diesen ersten Ton ein, so, dass sich ihr Brustkorb zugleich dehnt und hebt, und versucht sich trotzdem gegen das zu wappnen, was gleich geschehen wird, wie das sprichwörtliche Amen im Gebet, unweigerlich geschehen wird, weil es jede Woche geschieht.

Seit drei Jahren, seit sie ihr Jura-Studium nach der ersten Staatsprüfung abgebrochen hat, arbeitet Cindy für einen Hungerlohn als Sekretärin in einer Rechtsanwaltskanzlei. Ihre Wohnung liegt in keiner guten Gegend und besteht aus eineinhalb Zimmern. Ihr Geld muss Cindy sich sehr genau einteilen. Das

Auto ist ein Luxus. Cindy fährt selten irgendwohin, doch könnte sie es jederzeit tun: irgendwohin fahren, ein Auto zu besitzen gibt ihr das Gefühl von Freiheit. Zu ihren Gesangsstunden könnte sie auch mit Straßenbahn, U-Bahn und Bus fahren, doch im Auto kann sie tun, was sie in öffentlichen Verkehrsmitteln nicht tun könnte: singen. Im Auto fühlt sie sich frei und singt, nach Herzenslust: nur im Auto. In ihrer Wohnung: nie. Ihre Wohnung hat Wände aus Pappe, die Nachbarn könnten sie hören. Im Auto, nur im Auto kann Cindy sicher sein, dass niemand sie hört. Sie achtet darauf, dass die Fenster fest nach oben gekurbelt bleiben, selbst wenn es Sommer ist und sehr, sehr heiß. Und wenn ihr jemand zusehen würde? Menschen, die seltsame Mundbewegungen machen, sind ein gewohnter Anblick, solange sie im Auto sitzen. Viele Menschen reißen im Auto den Mund auf, trällern vor sich hin, zu einer Musiknummer aus dem Radio, kauen Kaugummi, gähnen, bohren in der Nase oder telefonieren mit ihrer Freisprecheinrichtung. Das ist normal. Das fällt nicht auf. Und so legt Cindy allwöchentlich die CD einer berühmten Sängerin ein und singt aus vollem Halse mit. Der kleine Innenraum des Autos vergrößert ihre Stimme, die sich mit der Konservenstimme vermischt, mit ihr verschmilzt. Im Auto ist Cindys Stimme groß und wunderschön. Auch wenn sie nicht die Augen schließen kann, wie sie es als kleines Mädchen nach der Ballettstunde getan hatte, gelingt es ihr mühelos, sich wegzuträumen, in einen Film, in dem sie die Hauptrolle spielt. Eine Bühne, ein wunderschönes Kleid aus hellblauer Seide, das Lucindas perfekte Figur sanft umschmeichelt. Strahlend nimmt Lucinda einen riesigen Blumenstrauß in Empfang. Lucinda verbeugt sich, Hand in Hand mit dem weltberühmten Pianisten, der sie begleitet hat. Eine blonde Locke löst sich aus dem hochgesteckten Haar, während das Publikum applaudiert, begeistert, gerührt, ja erschüttert von Lucindas einzigartigem Gesang.

Das Wegträumen gelingt Cindy auf der Hinfahrt. Auf der Rückfahrt jedoch, auf der Rückfahrt ist es ihr noch nie gelungen.

Denn allwöchentlich, wenn Cindy in Yvonas Wohnzimmer ihre Gesangsstunde hat, schläft nebenan, in Yvonas Schlafzimmer, Wolfgang, tief und fest schläft er. Sobald jedoch Cindy ihren ersten Ton gesungen hat, vielleicht ist es auch der zweite oder dritte, erwacht Wolfgang und erscheint, in derselben Sekunde, schreiend in der Schlafzimmertür, den Schwanz hoch aufgerichtet, die Nackenhaare gesträubt. O Gott, hat Cindy gedacht, als es das erste Mal geschehen ist, o mein Gott, nicht einmal der Kater erträgt meinen furchtbaren Gesang. Du musst nicht, hört sie den Kater schreien, du *musst* nicht mehr singen, wenn du nicht *willst!* Wolfgang, muss man wissen, ein in die Jahre gekommener fetter Siamkater, ist mit einer Stimme ausgestattet, die menschlich klingt, geradezu unheimlich menschenähnlich, und er erhebt diese Stimme Woche für Woche, genau in dem Augenblick, in dem Cindy zu singen anfängt. So schnell die dünnen Beinchen seinen tonnenförmigen Körper nur tragen können, durchquert er Yvonas Wohnzimmer, setzt sich dicht an die Tür, die in den Garten führt, trommelt mit seinem dunkelbraunen Schwanz, der sich sträubt, auf den Boden, gibt Laute von sich, sprechend, singend: Sprechgesang. In hoher Baritonlage oder im Falsett sprechsingt er nun, Glissando hinauf und hinunter, in allen Tonarten. Dann wieder gibt er Einzeltöne von sich, lang ausgehalten, über mehrere Takte mit Bindebogen, oder kurz, fast Staccato. Dazwischen legt er Pausen ein. Die Pausen sind das Schlimmste. In den Pausen schöpft Cindy Hoffnung: Jetzt – hat er aufgehört, jetzt – wird er ruhig bleiben. Doch nach diesen Pausen, Generalpausen, in denen er Cindys Gesang besonders kritisch zu lauschen scheint, sprechsingt er noch lauter, noch eindringlicher sein Missfallen. Du musst nicht mehr singen, wenn du nicht mehr willst! Und dann schüttelt er nicht nur den Kopf, sondern seinen ganzen fetten Körper, schüttelt und wackelt ihn nach allen Seiten: Nachsicht, Enttäuschung, Vorwurf, Mitleid, Verachtung. Cindys Lehrerin hört und sieht den

Kater nicht oder will ihn nicht hören und sehen, sie spielt einfach weiter, auf einem Klavier, das seit drei Jahren verstimmt bleibt, weil das Geld für den Klavierstimmer fehlt. Erst wenn Cindy geendet hat, ruft Yvona aus: Wolferl! Singst du aber heute wieder schön! Erhebt sich mühsam von ihrem Klavierhocker, öffnete die Tür zum Garten. Egal wie das Wetter ist. Wolferl, mit vollem Namen Wolfgang Amadeus, schießt hinaus, mit affenartiger Geschwindigkeit, erstaunlich für sein Alter und sein Gewicht.

Cindy atmet tief ein. Sie dehnt ihren Brustkorb, füllt ihn mit Luft und – hält sie an. Wieder spürt sie das beklommene Unbehagen in sich aufsteigen, das sich wie Angst anfühlt. Angst, die eigene Stimme zu hören. Angst vor der Blamage. Angst sich zu blamieren? Vor einem Kater? Du *musst* nicht mehr singen, wenn du nicht mehr *willst*. Gleich wird das Tier in der Tür stehen. Cindy vergisst einzusetzen, nach Yvonas Vorspiel zu *Avezzo a vivere*.

Weißt du eigentlich, Cindylein, dass Vaccai für diese Übungen Texte vom berühmten Metastasio verwendet hat? Würde man gar nicht draufkommen, gell. Also, ich spiele noch einmal zwei Takte voraus, wenn's dir recht ist.

Yvonas Lobeshymnen über Cindys Stimme haben von der ersten Stunde an keine Grenzen gekannt. Deine Stimme klingt, wie soll ich sagen, wie

Kupfer! Sagt sie jede Stunde, mehrmals. Ja, sagt Cindy jedes Mal. Verzweifelt versucht sie, das Kupfer in ihrer Stimme zu hören und ihre Fortschritte, die Yvona Woche für Woche herbeibeschwört. Oder tatsächlich wahrnimmt? Cindy weiß nicht, ob sie Kupfer hört oder Fortschritte, eines aber weiß sie ganz sicher: Das Leben wird immer teurer, die Unterhaltszahlungen von Yvonas nach Afri- od. Ameriko entflohenem Ehemann sind nicht wertgesichert, und Yvonas Tochter hat den Schock über das Verschwinden des Vaters nie verkraftet: Sie ist darüber verrückt geworden und wird sich nie selbst erhalten können. Das Geld, das Cindy am Ende der Stunde aufs ungestimmte Klavier legt, zusammen mit einer Packung Sheba-Stangerl, das Geld braucht Yvona ganz dringend, das ist sicher. Dank dir schön, Cindylein, da wird sich der Wolferl aber freuen, wenn er die Stangerl kriegt! Warte noch, Cindylein, ich hol ihn. Wolferl! Komm Wolferl!

Woche für Woche rafft Cindy sich auf, seit drei Jahren, seit sie bei diesem Rechtsanwalt arbeitet. Seit sie damals in einer Mittagspause im Supermarkt den Aushang entdeckt hat: Opernsängerin erteilt Gesangsunterricht. Erfolgsgarantie. Woche für Woche steigt sie, am anderen Ende der Stadt, ins Auto und hofft: Vielleicht heute. Heute vielleicht wird meine Stimme so wunderschön klingen wie jetzt, auf der Hinfahrt, im Auto. Heute vielleicht wird der Kater still sein und meinem Gesang ehrfurchtsvoll lauschen.

Cindy atmet tief ein und hält die Luft an, zwei Takte lang; sie senkt den Kopf und starrt auf die Noten, die sie längst auswendig können müsste; zaghaft setzt sie ein; ihre Stimme vibriert, als sie die ersten Töne singt. *Avezzo a.* Gleich wird das Tier in der Tür erscheinen. *Vivere.* Gleich wird das Tier zur anderen Tür laufen. *Senza conforto.* Und sein Missfallen lautstark zum Ausdruck bringen. *In mezzo al porto.* Du *musst* nicht mehr singen, wenn du nicht *willst. Pavento il mar.* Sie wartet auf die Angst, sie wartet auf das Tier. *Avezzo a vivere senza conforto* das Tier erscheint nicht *in mezzo* noch immer nicht *al* das Tier schläft weiter *porto* seelenruhig *pavento* nebenan im Schlafzimmer *il mar* und Cindy kann es nicht fassen. Sie schöpft Mut. Noch einmal! Sagt sie zu Yvona, atemlos. Nach dem Vorspiel setzt sie weicher ein, viel weicher, und ihrer Stimme vibriert weniger. Gut Cindy! *Avezzo a vivere* wunderschön fast wie im Auto nein viel wunderschöner denn es ist nur ihre Stimme *senza conforto* nicht mit der Stimme der berühmten Sängerin vermischt. Cindys Kehle weitet sich in *mezzo al porto pavento il mar* Cindy hat es geschafft. Sehr gut, Cindylein! Du hast so tolle Fortschritte gemacht seit letzter Woche! Findest du? Sagt Cindy und lächelt. Ich freu mich ja so für dich Cindylein! Willst du gleich die nächste machen? Cindy wirft einen Blick zur Tür-vor-der-kein-Kater-sitzt. Nein, sagt Cindy, nein, noch einmal! Später wagt sich Cindy an die nächste Arie, vorsichtig. *Delira dubbiosa incerta vaneggia ogni alma che ondeggia fra i moti del cor.* Der Kater bleibt stumm. Auch bei der übernächsten Übung taucht er nicht auf, und mit jeder Sekunde, in der niemand sein Missfallen äußert, in der niemand sagt: Du musst nicht mehr singen, wenn du nicht mehr willst, gewinnt ihre Stimme an Sicherheit. Yvona lobt Cindy in den höchsten Tönen, wie immer, im selben Jungmädchen-Singsang, im selben Überschwang. Doch diesmal wird Cindy vom Lob ihrer Lehrerin beflügelt. Sie blüht auf, ihre Stimme blüht auf. Willst du noch ein Lied singen? Cindy wird richtig übermütig. Ja, sagt sie feierlich und strahlt, ja, will ich. Wie Ulfru fischt! Schubert. Ihr Lieblingslied. In den unteren Oktaven bleiben immer wieder Tasten stumm, die dringend repariert werden müssten. Cindy bemerkt die Aussetzer gar nicht, so sehr ist sie berauscht, vom neuen Klang ihrer Stimme, in die sich kein Katzenjammer mischt.

Als sie am Ende der Stunde den Fünfzig-Euro-Schein auf das Klavier legt und dazu die Sheba-Stangen, strahlt sie noch immer.

Dank dir schön, Cindylein, da wird sich der Wolferl aber freuen! Warte noch, ich hol ihn. Wolferl! Komm Wolferl!

Nein. Sagt Cindy schnell. Nein, so viel Zeit hab ich heute leider nicht, ich muss ganz dringend weg.

Sie eilt ins Vorzimmer, streift rasch die Schuhe über, Yvona geht mit ihr, schwerfällig, öffnet ihr die Tür.

Also dann bis nächste Woche! Freu mich!

Ruft Yvona und winkt.

Freu mich auch, sagt Cindy und winkt zurück.

Sie fühlt sich leicht, sehr leicht. Während sie zurück zum Auto geht, den Kopf gesenkt, lächelt sie, befreit, fast glücklich. Sie nimmt den Strafzettel von ihrer Windschutzscheibe und steigt ein. Es ist sehr warm, fast schwül, Cindy bemerkt es kaum. Sie startet den Motor, legt keine CD ein und singt, vorsichtig erst, dann aus vollem Halse. Dass sie die Augen nicht schließen kann, hindert sie nicht am Träumen. Lucinda steht auf einer Bühne, in einem wunderschönen Kleid, hellblau, das ihre perfekte Figur sanft umschmeichelt; strahlend nimmt sie einen riesigen Blumenstrauß in Empfang, verbeugt sich; eine blonde Locke löst sich aus ihrem hochgesteckten Haar. Und während die Sängerin den Applaus des begeisterten Publikums entgegennimmt, betritt ihre Lehrerin Yvona das Schlafzimmer, um ihrem Kater Wolfgang Amadeus die Sheba-Stangen zu bringen, die Cindy ihm mitgebracht hat. Wolferl, komm, ruft sie in ihrem Jungmädchen-Singsang, schau, was Cindy dir mitgebracht hat! Der Kater liegt auf dem Bett, zur Seite hingestreckt, seltsam steif. Die Hitze? Yvona kommt mühsam näher, ihre Hüfte schmerzt, sie beugt sich über ihn, greift ihn an, er ist seltsam kalt. Wolferl? Er rührt sich nicht. Wolferl! Der Applaus aber, der Applaus in Lucindas Traum tost so laut, dass sie das verzweifelte Läuten ihres Handys nicht hören kann. Als sie es endlich hört und endlich abhebt, ist die Leitung: tot.

18 Uhr bis 18 Uhr 10,
Corinne

Einmal und noch ein zweites Mal drückt Corinne auf die Lichthupe.

Sie ist in Eile, ihre Ungeduld wächst, warum muss die Tussi vor ihr auch mit fünfzehn Stundenkilometern durch die Dreißigerzone zuckeln, auf der Straße ist ein rundes Symbol aufgemalt, rot umrandet, in der Mitte, schwarz auf weißem Grund: dreißig. Dreißig! Und nicht fünfzehn! Allmählich verschwindet das aufgemalte Symbol unter ihrem schwarzen Golf-Cabrio, langsam verschwindet es, viel zu langsam.

Corinne wirft einen Blick auf ihre Armbanduhr, ganz neu, ganz design, ganz chic, kurz nach sechs; dann in den Rückspiegel, um ihre Frisur zu checken: Die großen blonden Locken haben sich im Fahrtwind hübsch zerzaust. Perfektes Cabriowetter, heiß, obwohl es schon früher Abend ist, ungewöhnlich heiß für die Jahreszeit.

Wenn die blöde Kuh vor mir so weiterschleicht, springt die Ampel da vorne auf Rot um, und ich verliere mindestens eine halbe Minute.

Corinne muss unbedingt etwas Originelles für

die Sommerparty besorgen, zu der sie am Abend eingeladen ist, und dann noch nach Hause, sich umziehen; ein Mitbringsel, eine Kleinigkeit, eine originelle Kleinigkeit; leicht beunruhigt ist sie, ein wenig genervt, weil ihr noch immer nichts eingefallen ist, nichts wirklich Passendes, es soll, nein: es muss aber etwas wirklich Besonderes sein, besonders, aber keinesfalls zu persönlich, schließlich kennt sie Caroline gar nicht so gut, und es ist ja auch kein Geburtstag, nur eine zwanglose Sommerparty. Die Einladung ist gerade zur rechten Zeit gekommen – einerseits, denn letzte Woche hat Corinne sich von Fabio getrennt; jedoch hasst sie es, andererseits, allein auf solche Partys zu gehen, es macht sie nervös, sie fühlt sich verloren; eigentlich war es Fabio, der sich von Corinne getrennt hat, doch mit einiger Mühe gelingt es ihr, den Abend, an dem sie Schluss gemacht haben, in ihren Gedanken so lange zu drehen und zu wenden, bis sie überzeugt ist, dass sie es war, die ihm den Laufpass gegeben hat; das fühlt sich besser an und lässt sich leichter sagen, wenn man gefragt wird.

In Gedanken biegt sie vorne bei der Ampel schon nach rechts in die Ringstraße ein und ein paar Gassen weiter wieder nach rechts, war da nicht immer dieses Papierfachgeschäft, das diesen witzigen und doch edlen Krimskrams führt? Hoffentlich gibt's das noch, hoffentlich hat es noch geöffnet. Corinne hupt, fast fährt sie auf das Auto vor ihr auf, die lahme Ente, ältere Frau am Steuer, ist ja klar, mindestens vierzig, jetzt schaltet die noch die Warnblinkanlage ein und bleibt stehen! Das macht sie mit Absicht, und jetzt winkt sie auch noch freundlich, na super! Corinne schüttelt den Kopf, darf ja nicht wahr sein. Gerade als sie ihr Auto wieder in Bewegung setzen kann, weil die lahme Ente sich entschlossen hat weiterzufahren, bemerkt sie linker Hand einen Buchladen und Wühlkisten davor. Da könnte ich doch etwas Originelles finden, vielleicht ein hübsches Kochbuch. Rechter Hand sieht Corinne ein Auto ausparken, was für ein Glück! Sie steigt auf die Bremse, keine Zeit zu blinken. Der nachkommende Fahrer hupt, blöder Affe! Sie legt den Rückwärtsgang ein und schlägt nach rechts ein und blinkt, endlich, der blöde Affe fährt an ihr vorbei, ganz langsam, nachdem sie sich in die Parklücke gezwängt hat, wendet den Kopf nach rechts, noch langsamer, und macht Blinkbewegungen mit der Hand und grinst, dämlich, Idiot!

Mit Fabio an ihrer Seite würde sich Corinne auf Carolines Party besser fühlen, in der Villa im neunzehnten Bezirk, vielmehr: im Park dieser Villa.

Corinne steigt aus, sieht ein paar Autos weiter die dunkelblaue Silhouette einer Parkwächterin, die Strafzettel schreibt, sie steigt wieder ein, kramt nach ihren lila Zehn-Minuten-Parkscheinen, alle vollgeschrieben, macht nichts, sie nimmt einen gebrauchten Parkschein und überschreibt die Ankunftszeit mit einem dicken roten Filzstift, wird schon o.k. sein. Bücher und Skripten, soll ich die in den Kofferraum sperren, klaut doch ohnehin keiner, dieses Uni-Zeug, ich lass es liegen, vielleicht klaut es ja doch jemand, hoffentlich klaut es jemand.

Corinne studiert Rechtswissenschaften im zweiten Semester, Fabios wegen hat sie sich für dieses Studium entschieden, würde sie sagen, wenn sie ehrlich wäre. Fabio seinerseits hat sich dann doch für die Döblinger Dolmetschstudentin entschieden. Fehlt nur, dass er mit ihr auf dieser Party aufkreuzt! Nein, das würde Caroline ihr niemals antun, oder doch?

Caroline besuchte das französische Gymnasium, so wie Corinne. Ihre Mutter und Corinnes Mutter sind in der teuren Boutique miteinander bekannt geworden, zufällig, oder auch nicht zufällig. Carolines Mutter ist Gattin eines hohen französischen Diplomaten, Corinnes Mutter ist geschieden und Verkäuferin in der teuren Boutique. Sie nennt sich: Modeberaterin.

Corinne überquert die Straße, um zur Buchhandlung zu kommen, vergisst, nach links zu schauen, ein Autofahrer muss scharf bremsen, hupt, Trottel, BMW-SUV, kein Wunder, fahr gefälligst langsamer, hier ist eine Dreißigerzone!

Nun wühlt Corinne lustlos in einer Kiste mit Taschenbüchern: Romane, Sexualratgeber, Kurzgeschichten, Krimis, illustrierte Sternzeichen-Büchlein, alles unbrauchbar; in der Kiste daneben findet sie Mond- und andere Kalender, wegen des fortgeschrittenen Jahres und der Eselsohren zum halben Preis, grindig, schließlich Kochbücher, die neue *Brigitte*-Diät, die besten Salate, die sieben Elemente, die schönsten Cocktails, die neue Trennkost, Abnehmen im Schlaf, alles Mist, außerdem kocht Caroline ohnehin nicht und wird auch nie kochen, die steht mehr auf exquisites Catering, das ihre Eltern bezahlen.

Verdammt, schon so spät! Mit wenigen Schritten ist Corinne zurück bei ihrem schwarzen Cabrio; es ist nicht gerade das neueste Modell und gar nicht ihr Cabrio, sondern das ihrer Mutter. Schon zur Matura hat sie sich ein eigenes gewünscht, bis heute hat sie keines bekommen.

Ihre Mutter hat sie ins Lycée geschickt, als sie noch ziemlich klein war, schon in den Kindergarten, in die *Maternelle* musste sie, weil ihre Mutter in der Schule ein bisschen Französisch hatte, als Freigegenstand: so eine elegante Sprache! Die Wohnung, die sie damals, gleich nach der Scheidung, mit der kleinen Corinne bezogen hat, ist winzig, doch die Gegend ist wichtig, viel wichtiger als alles andere, die Gegend und die Leute, und zum Lycée ist es auch nicht weit.

Erst jetzt sieht Corinne, dass sie ihr Auto nur wenige Schritte von einem Delikatessen-Geschäft geparkt hat. Sieht aus, als könnte sie hier finden, was sie sucht. Die zehn Gratis-Park-Minuten sind gerade abgelaufen, als sie vor dem Geschäft steht. Obst und Gemüse liegen in Holzkisten, Körben, unter der dunkelgrünen Markise, hübsch drapiert, einladend, unwiderstehlich, jedes Stück glänzt, wie von Hand poliert. Da! Ein großer Korb mit Erdbeeren – Corinne läuft das Wasser im Mund zusammen. Frisch, süß, heimisch! steht mit weißer Kreide, handgeschrieben, auf einer schwarzen Schiefertafel. Das ist es: Erdbeeren, hübsch verpackt.

Die Tür steht offen, Corinne betritt das kleine Geschäft.

Ein junger Mann steht hinter der Theke, groß, blond; er kann nicht viel älter sein als sie selbst, fünfundzwanzig? Vielleicht, allerhöchstens.

Was darf's denn sein?, fragt er, während sein Blick den ihren trifft und eine Empfindung auslöst, die sie nicht einordnen kann oder will, seltsam.

Verkäufer, denkt sie, Gemischtwarenverkäufer.

Ein dreiviertel Kilo Erdbeeren, sagt sie hastig und löst ihren Blick aus seinem.

Er mustert sie, unauffällig, das knappe T-Shirt mit dem Calvin-Klein-Aufdruck, fast ein wenig schüchtern, den mädchenhaften Busen, den kurzen Jeansrock, die langen schlanken Beine, die roten

Sandalen, die rot lackierten Zehennägel, das rote Täschchen.

Corinne mustert das Regal hinter der Verkaufstheke.

Und geben Sie mir bitte noch so eine Babyflasche Champagner dazu.

Der junge Mann nimmt die Flasche aus dem Regal, Moët & Chandon.

Sie schüttelt ihre großen blonden Locken.

Und wenn Sie mir die Erdbeeren bitte hübsch verpacken.

Ein Geschenk?

Ja, ein Geschenk.

Wie wär's damit?

Er deutet auf ein helles Weidenkörbchen.

Das müsste sich ausgehen.

Ja, genau, super.

Er stellt das Weidenkörbchen auf die Waage, legt es mit grünem Seidenpapier aus und mit Cellophan.

So recht?, fragt er, und wieder sucht sein Blick den ihren und trifft ihn mühelos, weil ihrer, zufällig, gerade den seinen findet.

Ja, perfekt.

Der junge Mann greift nach einer Schaufel aus glattem Holz. Behutsam schiebt er sie in eine große Steige mit Erdbeeren, vorsichtig hebt er die prallen roten Früchte heraus, langsam lässt er sie in das vorbereitete Körbchen auf der Waage gleiten.

Er starrt auf die Anzeige, sekundenlang.

Ist etwas nicht in Ordnung?

Doch, alles ist in Ordnung, sagt er, sogar sehr in Ordnung, sehen Sie nur: siebenhundertfünfzig, aufs Gramm genau siebenhundertfünfzig, unglaublich.

Corinne schüttelt den Kopf.

Ja, und?

Kommt nur ganz selten vor.

Aha.

Mir ist es noch nie passiert.

Wirklich.

In so einem Fall darf man sich was wünschen.

Wer? Wer darf sich was wünschen – Sie oder ich?

Beide.

Aha …

Aber den Wunsch ja nicht aussprechen! Sonst geht er nicht in Erfüllung.

Ach!

Und auch nicht darüber nachdenken. Es muss der allererste Wunsch sein, der Ihnen in den Sinn kommt.

Ich möchte mich endlich einmal richtig verlieben, ich möchte mich endlich einmal richtig verlieben, ich möchte mich endlich einmal richtig verlieben, denkt Corinne, ganz ohne nachzudenken, doch warum denke ich das, denkt sie dann, war ich nicht in Fabio verliebt, war ich in Fabio nicht verliebt, *ich möchte mich endlich einmal richtig verlieben*, ich bleibe dabei.

Der Gemischtwarenverkäufer hat das Cellophan mit einer roten Seidenschleife sorgfältig zusammengebunden, das Klebeetikett des Geschäfts aufgeklebt, die kleine Champagnerflasche mit einer Seidenschleife dekoriert, ist hinter der Theke hervorgekommen und sitzt an der altmodischen Kassa, gleich neben der Eingangstür, wie lange schon?

Macht zusammen zwanzig Euro fünfzig, sagt der Verkäufer und zupft die erdbeerrote Schleife zurecht, und das Cellophan, das knistert.

Und – haben Sie sich auch etwas gewünscht?, fragt nun, zögernd, Corinne, die sich noch immer seltsam fühlt und nicht weiß warum.

Drei Scheine legt sie auf die Holzschale, drei Münzen nimmt der Verkäufer aus der Kassa.

Vier Euro fünfzig zurück, sagt er, und hier Ihre Rechnung.

Corinne nimmt die Münzen, die Rechnung, die Champagnerflasche und das Erdbeerkörbchen, das knistert.

Natürlich, sagt er, habe ich mir etwas gewünscht ...

Corinne sieht ihn fragend an.

Der junge Mann lächelt.

... und schon ist es nicht in Erfüllung gegangen.

Corinne runzelt die Stirn.

Vielen Dank, sagt der junge Mann, und auf Wiedersehen.

Danke, ciao!

Corinne verlässt das Geschäft und kann sich für einen Augenblick nicht erinnern, ob sie ihr Auto weiter links oder weiter rechts geparkt hat.

Der junge Mann nimmt das schmale Namensschild ab, das er auf dem weißen Hemd getragen hat, und bindet seine bodenlange dunkelgrüne Schürze auf. Der Nachname auf dem Namensschild ist derselbe wie der auf der Schürze wie der über dem Geschäftseingang wie der auf dem ovalen Klebeetikett.

Na, wie fühlt man sich so?

Ein älterer Herr ist hinter ihn getreten und legt ihm die Hand auf die Schulter.

Diesen Februar hat der junge Mann sein Studium an der Wiener Wirtschaftsuniversität beendet. Heute war sein letzter Arbeitstag im Geschäft seines Vaters. Nächste Woche wird er sein eigenes eröffnen, sehr klein, sehr fein, gar nicht weit entfernt von diesem.

Deine letzte Kundin, sagt der Vater, du hättest sie zur Eröffnung einladen können.

Ja, sagt der Sohn, ja, hätte ich.

Ich weiß gar nicht, warum du immer so schüchtern bist.

Ich, sagt der junge Mann, weiß es auch nicht.

Corinne hat ihr Auto gefunden. Vorsichtig stellt sie das Erdbeerkörbchen auf den Beifahrersitz und legt die Babyflasche Moët & Chandon daneben und schüttelt den Kopf, wieder und wieder, was hat er nur damit gemeint: *Ist schon nicht in Erfüllung gegangen*, das kann er doch gar nicht wissen, oder was könnte denn das gewesen sein, wovon er schon hätte wissen können, dass es nicht in Erfüllung gegangen ist, in diesem Augenblick. Corinne fühlt sich immer noch seltsam, so seltsam, dass sie das Fehlen ihrer Bücher und Skripten auf dem Rücksitz nicht bemerkt und auch nicht den Strafzettel an ihrer Windschutzscheibe. Ihre Wangen sind gerötet, von der Hitze des Tages? Als sie aus der Parklücke fährt, hupt der nachkommende SUV-Fahrer, grell und laut; sie hat nicht geblinkt, und ihr Tachometer zeigt fünfzehn Stundenkilometer.

Verkäufer, denkt sie, während sie Richtung Döbling fährt, Gemischtwarenverkäufer, schade.

18 Uhr 15 bis 19 Uhr 30, Selma

Sie ist schweißgebadet.

Sie kommt zu spät.

Es ist schon halb sieben vorbei.

Der Tag war drückend heiß.

Immer noch ist es sehr warm.

Sie hebt den schweren Papiersack mit den Büchern aus dem Kofferraum.

Ich hätte mir ein Taxi nehmen sollen.

Stattdessen hat sie sich verfahren, sich am falschen Ende der Stadt eingeparkt, in einer Straße, die einen ganz ähnlichen Namen hat wie diese hier. Verwechslung. Da hilft auch kein Navigationssystem. Nun endlich ist sie in der richtigen Straße gelandet, an der richtigen Adresse, ja, kein Zweifel: In hundert Metern, Sie haben Ihren Bestimmungsort erreicht. Und trotzdem ist etwas falsch. Entweder hat ihr Navi sie zum zweiten Mal in die Irre geführt, obwohl sie diesmal den richtigen Bestimmungsort eingegeben hat, oder aber ihr Instinkt hat versagt, als sie die Lesung zugesagt hat, kurzfristig, ohne die Angaben des Anrufers nachzuprüfen, wenigstens seinen Namen zu googeln, so sicher ist sie gewesen, seinen

Namen schon irgendwo gehört haben zu müssen, gesehen, gelesen. Würden Sie mir denn die Ehre erweisen, in meinem Atelier aus einem Ihrer Werke zu lesen, anlässlich meiner Ausstellung.

Den Parkschein, voreilig an der ebenso ähnlichen wie falschen Adresse ausgefüllt, hätte sie sich sparen können. Kinder umspielen sie mit Bällen, umfahren sie mit Fahrrädern, sehen sie prüfend an. Hier ist keine Kurzparkzone. Es ist keine Gegend, die man jemals zur Kurzparkzone erklären wird, nicht in hundert Jahren, auch keine, in der man ein Atelier suchen würde.

Atelier! Ausstellung! Loft, modern, verwegen, Männer und Frauen, gestylt, chic, niveauvoll, wohlhabend, Bilder, großformatig, interessant, belegte Brötchen, klein, wohlschmeckend, Pizzahäppchen, warm, Wein, rot, weiß, Orangensaft, gelb, Mineralwasser, still, prickelnd.

Die Autorin trägt den hellgrauen Hosenanzug mit der glatten weißen Kurzarmbluse und die schwarzen Sandalen mit den hohen Bleistiftabsätzen, die sie größer erscheinen lassen sollen als sie ist. Sie geht die Straße entlang, konzentriert sich darauf, mit den dünnen Absatzstiften Schritt für Schritt exakt auf einer geraden Fläche des Kopfsteinpflasters zu landen, nur ja nicht in einem Zwischenraum stecken bleiben, stolpern und womöglich hinfallen, der Länge nach, ja nicht das Gleichgewicht verlieren, mit dem schweren Büchersack in der einen, der eleganten Handtasche in der anderen Hand die Balance halten.

Die Autorin ist zu spät, verschwitzt und beunruhigt, hier müsste doch die Nummer vierunddreißig sein.

Suchen Sie das Atelier, junge Frau? Der alte Mann kommt auf sie zu, er zieht das rechte Bein nach. Bestimmt sind Sie die Autorin, fährt er fort und lächelt verschmitzt, wissend.

Ja, sagt die Autorin und hat keine Ahnung.

Kommen Sie mit, junge Frau!

Honorar kann ich Ihnen keines zahlen, hat der Anrufer gesagt. Wie sind Sie denn ausgerechnet auf mich gekommen? Ach, ich habe schon oft über Sie gelesen.

Er hat über mich gelesen! Schon oft.

Die Autorin, geschmeichelt, hat das trendige Atelier vor sich gesehen, die kunstinteressierten Menschen, und im selben Augenblick blind zugesagt, ohne nachzudenken, ohne Honorar.

Sie folgt dem alten Mann, in ein schäbiges Haus, über drei Stufen, die an den Kanten ausgeschlagen sind, abbröckeln, durch zwei Türen, sperrangelweit offen, zur Hälfte aus dunklem Holz, zur Hälfte aus kleinen Glasscheiben, zwei davon eingeschlagen. Der alte Mann blickt sich zu ihr um, will sichergehen, dass sie ihm folgt, zieht das Bein schwungvoll nach. Im Flur bleiben sie beide stehen; der Flur ist lang, dahinter noch eine Tür, aus Holz und Glas, dahinter ein Raum, der im Dunkeln liegt.

Warten Sie, ich sehe nach, ob er schon da ist.

Schon da ist? Er wird doch wenigstens da sein! Eine halbe Stunde nachdem meine Lesung hätte beginnen sollen.

Er ist noch nicht da, aber er wird bald kommen, bestimmt.

Der alte Mann, unscheinbar, weißhaarig, im Sonntagsanzug mit vergilbtem Hemdkragen, winkt sie zu sich.

Am besten, Sie warten hier, ich muss jetzt leider gehen, ich komme später wieder, sagt er und lässt sie allein, zieht die Tür hinter sich zu, an der ausgeleierten Messingklinke.

Der Raum ist kaum beleuchtet. Eine Höhle, denkt die Autorin, ich bin in eine Höhle geraten. Flüchten, denkt sie, flüchten. Kein Höhlenmensch vorläufig und keine Höhlenmalereien, überhaupt weit und breit keine Bilder an den buckligen, schmutzigen Wänden, nur ein ausgefranster Perserteppich. Auch der Boden ist mit Teppichen bedeckt, darunter vermutlich Stein? Oder nackte Erde?

Gänsehaut, Frösteln. Flüchten? Etwas hält die Autorin zurück. Trotzigkeit, Pflichtgefühl, Neugier?

Da muss ich jetzt durch.

An der einen Wand eine Art Sitzbank, niedrig, aus schmalen, übereinandergestapelten Matratzen vermutlich, mit Decken überworfen und dunkelbraunen Fellen, davor ein niedriger Tisch, eine dicke Baumscheibe, hell, schmutzig, dunkle Abdrücke von Gläsern, gegenüber ein alter Kasten, daneben ein kleiner, schwarzer, kalter Ofen.

Noch immer hält die Autorin den Griff des Büchersacks umklammert, wie um sich festzuhalten, spürt plötzlich die Schwere, lässt los, hört den Sack auf den Boden plumpsen. Am anderen Ende der Höhle: eine schmale Öffnung, ein Türvorhang aus dünnen Streifen, blau, rot, gelb, weiß, grün. Vorsichtig teilt sie die Bänder, betritt einen zweiten Raum, winzig, ein Gasherd mit zwei Flammen, darauf eine metallene Espressokanne, ein Kühlschrank, ein Oberschrank, ein Waschbecken, ein Tisch, ein Stuhl, ein Bett, nein, kein Bett, eher eine Schlafstelle, ärmlich, armselig, ist eine Ecke durch einen grünen Plastikvorhang abgetrennt. Dusche?

Etwas in ihr krampft sich zusammen. Sie hört ein Geräusch. Die Tür! Mit zwei Schritten durchmisst sie den Raum, die bunten Streifen flattern und rascheln.

Ach, sind Sie schon hier, sagt der Künstler.

Im Gegenlicht nimmt die Autorin den gehetzten Blick wahr, in dunkel glänzenden Augen, dann das wirre Haar, fast schwarz, die kleine, schmächtige, drahtige Gestalt, leicht vornüber gebeugt, die sich ruckartig bewegt, fahrig.

Ist wohl noch niemand gekommen, aber die kommen schon noch, Sie werden sehen, viele werden kommen, sehr viele, das tun sie immer. Kann ich Ihnen etwas anbieten?

Er geht in die Schlafküche, sie folgt ihm, zögernd. Er öffnet den Kühlschrank, leer, finster.

Kaffee ist leider aus, Wasser, ich kann Ihnen nur Wasser anbieten. Hastig nimmt er ein Glas aus dem Oberschrank und füllt es mit Leitungswasser, trägt es in die Höhle, sie folgt ihm, er stellt es auf den Baumstumpf, fährt sich durchs Haar, unschlüssig.

Ich komme gerade aus Paris, deshalb ... Nehmen Sie doch Platz. Bitte. Sie sind also Selma, ich darf doch Selma sagen? Es ist erst kurz nach sieben, manchmal verspäten die sich. Ich sehe nach, manche finden mein Atelier nicht, wissen Sie, es ist so versteckt.

Er lächelt, die Mundwinkel heruntergezogen, fleckig die Haut, ein trauriges Lächeln. Selma bleibt stehen, nimmt das Glas. Er eilt, in hastigem Laufschritt, ins Freie, Selma lehnt in der Tür, nippt an ihrem Wasser, beobachtet sein Hin und Her, draußen vor der Tür, sein nervöses Auf-und-ab-Gehen.

Wo, fragt Selma leichthin scherzend, als er zurückkommt, wo haben Sie eigentlich Ihre Bilder versteckt?

Ach, die Bilder. Hab nicht viele im Moment, alle verkauft, bei meiner letzten Vernissage in Venedig, alle an einem einzigen Abend weggegangen.

Kann ich welche anschauen?

Anschauen, ja, oben, im Depot, sagt der Künstler und deutet auf eine Klappe in der Decke, im Atelier gibt es zu wenig Platz, sie sind riesig, wissen Sie, aber wenn Sie möchten, hier …

Er deutet auf den Kasten, den Kleiderkasten, öffnet ihn, zögerlich, nachdem Selma ja gesagt hat, ja bitte.

Im Kasten sind Schnüre gespannt, Wäscheleinen; an den Wäscheleinen hängen Säcke, Kartoffelsäcke? Die Säcke sind bemalt, bunt bemalt, großflächig, als hätte jemand Farben aus Tuben gepresst, Blau, Rot, Gelb, Weiß, Grün, plattgedrückt und notdürftig auf dem groben Gewebe verteilt.

Das ist meine Spezialität, sagt der Künstler.

Er würde, denkt Selma, gerne eine Zigarette rauchen, wenn er eine hätte.

Haben Sie vielleicht eine Zigarette für mich?

Leider, nein, ich rauche nicht mehr.

Ich verwende gebrauchte Kartoffelsäcke statt Leinwand, meine Erfindung! Kommt sehr gut an, genial, nicht wahr, die Sammler reißen sich darum. Ich bin Autodidakt, als Maler. Wenn Sie wollen, können Sie sich ein Bild aussuchen, quasi ein Honorar, weil zahlen kann ich nichts. Nein, nicht die Säcke, da, schauen Sie.

In einer Ecke des Kastens lehnt eine Mappe, nicht groß, etwas größer als A3 vielleicht. Er nimmt sie heraus, versperrt die Kastentür.

Ursprünglich, sagt der Künstler und legt die Mappe auf den Baumstumpf, der ein Tisch ist, ursprünglich bin ich Diplomingenieur! Aber, wehrt er ab, ich lege keinen Wert auf meinen Titel, ich verwende ihn nicht. Gleich nach dieser Atelier-Lesung fahre ich übrigens wieder nach Paris, zahlt sich nicht aus, groß Lebensmittel einzukaufen. Ich bin mehr international unterwegs, wissen Sie, dieses Land ist mir zu eng, demnächst werde ich wieder in New York ausstellen.

Toll, und wann wird das sein?

Der Termin steht noch nicht fest, nicht ganz, ja, und, vielleicht doch vorher noch einmal Venedig, oder Hamburg, finden Sie etwas in der Mappe, gefällt Ihnen etwas?

Er fährt sich mit beiden Händen durch die Haare, sein Blick geht unstet hin und her, unnatürlich glänzend, fiebrig.

Selma sieht die Blätter durch, nicht mehr als zwanzig, Akte, Landschaften, Köpfe, Gestalten, Blumenvasen, gezeichnet, gemalt, aquarelliert, schlecht, ganz schlecht.

Alles in ihr krampft sich zusammen.

Wieder möchte sie auf der Stelle flüchten.

Dieses hier würde ich gerne haben, sagt Selma und hält ein Blatt in die Höhe, eine Kohlezeichnung eines weiblichen Aktes.

Nein, das … könnte ich vielleicht doch verkaufen.

Selma blättert weiter, betrachtet eingehend jedes Blatt, länger, viel länger als es notwendig wäre.

Und das?

Der Künstler lächelt und zieht die Mundwinkel nach unten, seine gelblichbraunen Zähne werden sichtbar.

Den können Sie haben, der ist nichts wert.

Selma betrachtet das Bild, ein Aquarell. Es zeigt ein männliches Gesicht, das Gesicht eines jungen oder ehemals jungen Mannes, dunkle Haare, fast schwarz, die Haut fleckig, eine Hälfte des Gesichts bläulich grau, die andere orange, wie beleuchtet, schlecht beleuchtet, die Augen braun, das linke größer als das rechte, mit einem roten Punkt in der Mitte. Und die Lippen, nur zwei weinrote Tupfen zwischen heruntergezogenen Mundwinkeln, zittern wie kurz vor einem Weinen oder vor einem Lachen.

Ach, hören Sie nur, die Besucher kommen, habe ich es Ihnen nicht gesagt! Der Künstler rollt das Blatt zusammen, streift einen Gummiring darüber. Sie kommen, sie kommen!

Danke. Selma steckt die Rolle in den Büchersack.

Der alte Mann zieht schwungvoll sein Bein durch den Flur.

Das ist Selma, sagt der Künstler, feierlich, sie ist eine berühmte Autorin und wird heute hier in meinem Atelier aus ihren Werken lesen.

Freut mich sehr, Sie kennenzulernen.

Der alte Mann zwinkert Selma zu, während er das sagt und stellt seinen Korb auf den Baum-Tisch. Er schleppt den kleinen Küchentisch aus der Schlafküche herbei und den einzigen Stuhl, nimmt ein weißes Tischtuch aus dem Korb und drapiert es sorgfältig auf dem Küchentischchen, bringt noch ein Glas Wasser.

Ich muss die Besucher begrüßen gehen!, sagt der Künstler, unnatürlich laut, wie aufgedreht, und eilt nach draußen.

Nehmen Sie Platz, junge Frau, sagt der alte Mann, die anderen werden gleich da sein.

Selma setzt sich, packt Bücher aus ihrem Sack, die zerlesenen, mit gelben Zettelchen gespickten, zum leichteren Auffinden der Stellen, die sie lesen will.

Will ich hier lesen, nein, ich will hier nicht lesen, in diesem Atelier, das kein Atelier ist, bei diesem Künstler, der nur vorgibt, ein Künstler zu sein, in dieser Falle, in die ich getappt bin.

Selma fühlt Übelkeit in sich aufsteigen und etwas wie Scham.

Warum schäme ich mich? Weil ich nicht weiß, was ich sagen soll, wenn mich jemand nach dieser Lesung fragt, die ich angekündigt habe, stolz, und doch so nebenbei, als ob es gar nichts wäre.

Und wie war deine Atelier-Lesung?

Es war unbeschreiblich, so etwas erlebt man nicht alle Tage! Ein richtiges Abenteuer war das! Gibt einen toller Stoff für eine Geschichte!

Nein, ich kann es niemandem erzählen, bis an mein Lebensende nicht. Die Lesung wurde leider abgesagt, werde ich sagen, auf unbestimmte Zeit verschoben, wegen Erkrankung des Künstlers. Doch auch wenn ich nicht die Wahrheit erzähle, ist es mir peinlich, es ist mir in jedem Fall peinlich, jeder wird das spüren, und das ist das eigentlich Peinliche.

Wie eine Idiotin kommt sie sich vor, in ihrem schicken Hosenanzug, ihrer dezenten weißen Bluse, mit ihren Stöckelschuhen, ihrem Sack voller Bücher, ihren gelben Zettelchen.

Ich bin eine gottverdammte Idiotin.

Sie kommen sich wie eine gottverdammte Idiotin vor, junge Frau, nicht wahr?, sagt der alte Mann, ganz ruhig, sein Blick ruht auf Selma, wohl schon die ganze Zeit. Sie müssen sich nicht idiotisch vorkommen. Er ist krank, wissen Sie, er ist sehr krank. Seit Jahren hat er keine Bilder verkauft und auch keine Ausstellung gehabt, weder hier noch im Ausland. Venedig, Paris, Hamburg, New York, alles Traum- und Trugbilder. Sie haben Glück, heute geht es ihm ganz gut, scheint mir. An manchen Tagen ist es schlimm, wirklich schlimm. Da sieht er Dämonen, überall so kleine Teufel, die hinter ihm her sind, und kauert im hinteren Zimmer, auf seinem Bett, und hat furchtbare Angst. Er zieht sich nicht aus, er wäscht sich nicht, er stiert vor sich hin, er ist kaum ansprechbar, es ist schrecklich, das mit anzusehen, das Herz tut einem weh. Zu anderen Zeiten wieder befindet er sich in einer Art Euphorie, dann ruft er irgendwelche Autoren und Autorinnen an und lädt sie zu einer sogenannten Atelier-Lesung ein, er hat da so eine Liste von irgendwoher. Weiß Gott, was er denen erzählt und was die sich darunter vorstellen. Glauben Sie mir: Er findet immer wieder jemanden, der sich geschmeichelt fühlt und eitel genug ist, entschuldigen Sie, dass ich das sage, ich will Ihnen nicht zu nahe treten. Andererseits muss ich sagen – Gott sei Dank findet sich immer wieder jemand.

Der Künstler kommt zurück, in Begleitung.

Hoffentlich, sagt er und ist ganz aufgeregt, hoffentlich haben wir überhaupt genug Platz.

Hallo, sagt die Frau mittleren Alters, rötlich gefärbtes Wuschelhaar, rot geschminkte Lippen, ein flatterndes Sommerkleid umspielt eine üppige Figur. Der alte Mann stellt sie vor. Das ist Wilma, sie ist Lebensmittelkauffrau und – Hofer-Kassiererin, fällt Wilma ihm ins Wort und zwinkert Selma zu. Wilma hat eine prall gefüllte weiße Plastiktragetasche bei sich, die sie in die Schlafküche schleppt.

Nach Wilma kommt Christian Kralle, Tierarzthelfer, mit seiner Frau Susanne und überreicht dem

Künstler feierlich einen Zwanzig-Euro-Schein: Eintritt zur Lesung, zweimal, sagt er und deutet auf sich und seine Frau. Er trägt zwei Klapphocker unterm Arm, seine Frau legt eine Stange Dauerwurst auf den Baum-Tisch.

Hubert und Anna (wir sind die Nachbarn) haben zwei Flaschen Wein mit, zwei Packungen Zigaretten und zwei Klappstühle.

Betty ist blond und schüchtern, sie entschuldigt sich, dass sie nicht so lange bleiben kann, wegen der Kinder, und stellt einen selbst gemachten Kuchen auf den Baum-Tisch.

Martha arbeitet im nahe gelegenen Seniorenheim, sie würde, sagt sie, am liebsten den ganzen Tag lesen, und die Bücher holt sie sich aus der Leihbücherei, kaufen, fügt sie hinzu und sieht Selma bedauernd an, kann ich mir leider keine. Martha bringt zwei große Kartonpackungen Orangensaft.

Nun kommt ein glatzköpfiger (Emanuel, wie schön, dass du es noch geschafft hast!) Mann angekeucht.

Gnädige Frau, sagt Emanuel, gestatten Sie: Emanuel Boot. Er verbeugt sich leicht vor Selma und küsst ihr formvollendet die Hand. Entschuldigen Sie vielmals meine Verspätung, ich bin, sobald ich es einrichten konnte, zu Ihnen geeilt.

Als würde er auf einer Bühne stehen.

Wir können jetzt anfangen, glaube ich, sagt der

alte Mann und sieht zum Künstler hinüber. Nein, nein, vielleicht kommen noch mehr Besucher, wehrt dieser ab, nervös, und zündet sich eine Zigarette an, fahrig, ich bin ganz sicher, es kommt noch jemand.

Er verschwindet eilig nach draußen.

Die Besucher haben ihre Plätze eingenommen, sitzen artig auf den Matratzen, auf den mitgebrachten Klappstühlen und Hockern, schön angezogen und zurechtgemacht. Die Gespräche sind versiegt. Es ist ganz still. Der Raum füllt sich mit Erwartung und Aufmerksamkeit. Zehn Augenpaare richten sich auf die Autorin.

In diesem Augenblick entscheidet Selma sich für Hierbleiben und Lesen, nicht, weil es keinen Ausweg gibt, denn es gibt nie einen Ausweg.

Unnatürlich, gewollt, peinlich, künstlich, jede einzelne Lesung und alle Lesungen zusammen. Verkaufsveranstaltungen, Subventionsverstecke, Egopflegeabende. Habe ich das nicht gesehen und nicht sehen wollen und will ich das jetzt sehen?

Die Exklusiv-Lesung in der Bibliothek mit dem Bibliothekar als einzigem Zuhörer, die als Faschingsgaudi getarnte Ichichich-Lesung, die Intellektuellen-Lesung im Literaturgetto auf den Marterstühlen, die hochoffizielle Preisträger-Lesung vor Honoratioren mit imposanten Titeln, die Pflicht-Lesung vor den zusammengetriebenen Schulklassen, die Reklame-Lesung in der Buchhandlung, die Diskussions-Lesung mit den sich nicht stellen wollenden Fragen, die Gemeinschafts-Lesung der Konkurrentenkollegen, die Advent-Lesung mit der original mexikanischen Sängerin aus Tirol, die ambulante Hintergrund-Lesung im Hotelfoyer, die geförderte Muttertags-Lesung im Seniorenheim, die Mitternachts-Lesung in der verqualmten Weinstube, im kalten Extrazimmer, zerhackt vom Gegröle der eigentlichen, der zahlenden Gäste in der Gaststube.

Der Künstler kommt zurück, eine Frau an der Hand, dunkelhäutig, mandeläugig, schwarzhaarig und wunderschön. Darf ich vorstellen, sagt er feierlich, das ist Lidia – sie hat gerade erst angefangen, Deutsch zu lernen, aber sie liebt die künstlerische Atmosphäre hier im Atelier. Nicht wahr, Lidia?, fügt er hinzu. Seine Mundwinkel sind gerade, gerade mit Aufwärtstendenz, und er wirft einen zärtlich verliebten Blick auf sie, die den Kopf zur Seite neigt und lächelt.

Und nun, verkündet der alte Mann, sind wir alle sehr gespannt auf die Lesung von Selma, Selma von Amsel.

Kein Applaus, nur aufmerksame Erwartung.

Das Gefühl von Scham in Selma ist verschwunden, spurlos.

Ich freue mich, denkt sie und wundert sich über sich selbst: Ich freue mich.

Ich freue mich, sagt Selma von Amsel, dass Sie

hier sind, und ich fühle mich geehrt, dass Sie mich eingeladen haben. Ich möchte Ihnen etwas vorlesen, so, wie Sie vielleicht Ihren Kindern Geschichten vorlesen oder wie Ihnen Ihre Eltern Geschichten vorgelesen haben, zum Bespiel vor dem Schlafengehen. Natürlich wäre es mir lieber (sie trinkt einen Schluck Wasser und lacht, und das Lachen ist echt) wenn Sie dabei nicht einschlafen würden (jetzt lachen die Besucher, und auch ihr Lachen ist echt).

Selma nimmt das Buch, das obenauf liegt, das grüne, schlägt es auf, beim ersten gelben Zettel, und beginnt zu lesen. Sie hört ihre Stimme wie zum ersten Mal, leise, heiser, spürt ihr Herz klopfen, als wäre es in ihren Stimmbändern aufgehängt und würde diese klopfend zum Vibrieren bringen. Ich bin zu schnell, wie immer zu schnell. Sie bemüht sich, langsamer zu lesen, langsamer zu denken, langsamer zu sprechen, geht nicht, ein Gedanke denkt sich voraus, ein Satz formt sich zu früh, ein Verbindungssatz zum nächsten gelben Zettel, während gleichzeitig ordnungsgemäß die Sätze aus ihrem Mund kommen, die sie vor sich geschrieben sieht, die sie geschrieben hat, die ihr bekannt vorkommen und vollkommen fremd sind. Was, so was habe ich geschrieben, seltsam. Sie versucht den geschriebenen Sätzen durch Stimme Sinn zu geben und die sich unfreiwillig denkenden Gedanken zum Schweigen zu bringen, doch die weigern sich zu schweigen, aufdringlich quellen die gedachten Sätze zwischen den geschriebenen hervor, versuchen zu stören, zu zerstören. Ihr Mund produziert zu viel Speichel, der sich sammelt, zu einem See, sie versucht ihn wegzureden, wegzuschlucken, währenddessen nimmt sie ihre Stimme wahr, zu leise, zu heiser, zu schnell. Sie hebt und senkt den Blick, hebt ihn wieder, tastet die Gesichter der Zuhörer ab, sieht Aufmerksamkeit, wird ruhiger, spricht ein wenig langsamer und noch ein wenig langsamer, ihre Stimme wird ihr nun doch vertraut, allmählich findet sie einen Rhythmus, sie bringt die vorwitzigen Gedanken zum Schweigen, sie kriecht in ihre Stimme, verbindet, verbündet sich mit dieser, gerät in einen schwebenden Zustand vollkommener Konzentriertheit, vergisst die Zuhörer, vergisst sich selbst. Zwischendurch besinnt sie sich. Da kommen, ehe sie von Neuem in der Geschichte verschwindet, die vorwitzig gedachten Gedanken ganz artig an die Reihe.

Als Selma geendet hat, kein Applaus, stattdessen Nicken, das Selma als ein zufriedenes Nicken erscheint, ein Durchatmen und ein Raunen, das in Gespräche mündet, in Bemerkungen und in Fragen, auf die Selma Antworten zu finden sucht.

Der Künstler, den Arm um die mandeläugige Lidia gelegt, bedankt sich fahrig-feierlich bei der Autorin, die ihm ein Exemplar des Buches schenkt und widmet: Für einen großen Künstler, zur Erinnerung an einen unvergesslichen Abend.

Wilma holt je eine Packung Chips und Erdnusslocken aus der Schlafküche, Hubert öffnet die Weinflasche und Susanne füllt Gläser.

Betty ist immer noch da und muss jetzt leider wirklich gehen.

Anna besteht darauf, ein Buch zu kaufen, und möchte eine Widmung.

Selma überreicht Martha ein Exemplar des Buches. Leihweise – ich borge es Ihnen und Sie borgen es jemand anderem, der es wieder jemand anderem borgt – Martha strahlt.

Emanuel küsst ihr wieder die Hand: Superb, gnädige Frau, einfach superb! Dann nimmt er sie zur Seite. Gestatten Sie mir die Bemerkung, ich bin sozusagen vom Fach, wissen Sie, der Anfang war eine klitzekleine Spur zu schnell. Sie nehmen mir diese Kritik doch hoffentlich nicht übel? Aber nein, ich weiß, dass ich immer zu schnell lese, ich kann nichts dagegen tun. Er zückt eine Visitenkarte und verbeugt sich. Emanuel Boot, Sprach- und Sprechgestaltung, Selma betrachtet eingehend die Karte: Danke, vielen Dank Herr Boot, ich melde mich bestimmt bei Ihnen! Sagt Selma und meint es auch so.

Emanuel geht auf den Künstler zu und steckt ihm einen Geldschein zu, die Anzahlung für das Bild, das er in Auftrag gegeben hat.

Selma nippt an einem Glas mit Weißwein, sie ist erschöpft und immer noch angespannt.

Sie steht ein wenig abseits, während die Besucher, die miteinander sehr vertraut zu sein scheinen, sich unterhalten und lachen, sie fühlt sich ausgeschlossen wie immer und, wie sonst nie, als Teil von etwas, nicht im Mittelpunkt und zufrieden. Allmählich lässt die Spannung nach. Sie spürt, wie ihre Füße in den ungewohnten Schuhen ein wenig schmerzen.

Wie geht es Ihnen, junge Frau?

Gut, sagt Selma, sehr gut, ein bisschen müde.

Ich möchte Ihre Bücher kaufen.

Das müssen Sie nicht.

Ich möchte es, sagt der alte Mann, und ich erkläre Ihnen dann auch, warum ich es möchte.

Selma nimmt drei Bücher aus dem Büchersack.

Der alte Mann fragt nach dem Preis, reicht ihr fünfzig Euro und lässt sich das Wechselgeld nicht herausgeben.

Kommen Sie, gehen wir vor die Tür, hier ist es so düster.

Selma verabschiedet sich von allen Besuchern, spürt Wärme, Anteilnahme, bedankt sich bei dem Künstler nochmals für die Einladung, nimmt endlich ihren Büchersack und folgt dem alten Mann nach draußen.

Sie setzen sich auf die Stufen vor dem Haus. Es

ist noch hell und angenehm warm. Der Stein hat die Hitze des Tages gespeichert. Sie nippen an ihren Gläsern und schweigen eine ganze Weile, einträchtig. Jede Anspannung ist von Selma abgefallen.

Er wird Ihr Buch nicht lesen, er wird es verkaufen, mit Widmung ist es mehr wert.

Selma nickt.

Sie ahnen gar nicht, wie wichtig es für ihn war, dass Sie gekommen sind.

Selma zieht die Jacke aus.

Und noch wichtiger, dass Sie geblieben sind.

Selma zieht die Schuhe aus.

Nicht alle, die kommen, haben auch den Mut zu bleiben.

Selma bewegt ihre nackten Zehen.

Wir möchten ihm kein Almosen geben, es ist schwer, seine Würde zu wahren. Von dem, was wir ihm alle mitgebracht haben, kann er eine ganze Weile überleben.

Selma setzt sich auf ihre graue Jacke.

Ich habe hier noch nie ein Buch gekauft.

Selma trinkt ihr Glas leer.

Normalerweise, wenn ich so zuhöre, wie jemand aus einem Buch liest, da denke ich die ganze Zeit: das könnte ich auch. Obwohl es natürlich ganz falsch ist und anmaßend. Natürlich könnte ich es nicht. Manche Bücher verstehe ich gar nicht, ich weiß gar nicht, was das alles bedeuten soll. Aber trotzdem denke ich immer: Das könnte ich auch schreiben. Verstehen Sie das?

Selma sieht ihn an.

Ja, das verstehe ich, sagt sie, nach einer ganzen Weile.

Aber heute Abend, sagt er alte Mann, heute Abend habe ich gedacht: Das könnte ich nicht. Deshalb habe ich die Bücher gekauft.

Selma dreht das leere Glas in ihren Händen.

Wahrscheinlich, sagt sie, haben die anderen ihre Bücher für andere geschrieben, nicht für Sie.

Und Sie?

Ich?

Ja, Sie.

Ich – Selma lächelt ernst,

– ich schreibe meine Bücher nur für Sie.

Der alte Mann schmunzelt, wiegt den Kopf.

Das ist schön.

Jetzt muss ich aber gehen.

Selma zieht ihre Jacke an, zwängt sich in die unbequemen Schuhe, beugt sich dann zur Seite und küsst den alten Mann auf beide Wangen.

Mein Parkschein, sagt sie, mein Parkschein ist bestimmt schon längst abgelaufen.

19 Uhr 30 bis 22 Uhr, Sophia

Sophia stellt den Motor ab, löst den Sicherheitsgurt und fängt an zu warten.

Von Zeit zu Zeit lächelt sie ihrem Gesicht im Rückspiegel zu, strahlend vor Glück.

Schon am späten Vormittag hat sie sich entschieden, an diesem Abend strahlend zu sein und überaus glücklich.

Seither übt sie ohne Unterlass, das Strahlen und das Glücklichsein, das glückliche Strahlen.

Noch drei Minuten, vielleicht auch vier, dann wird sie wissen, ob es ihr gelungen ist, ob das Eingeübte das wirkliche Leben überlebt, ob es der Wirklichkeit standhält, die gleich über sie hereinbrechen wird.

Um keine Sekunde aus der Glücksübung zu kommen, markiert Sophia einen lindgrünen und einen himmelblauen Parkschein an den richtigen Stellen, mit königsblauer Tinte, mit Nachdruck und murmelt halblaut Monat, Tag, Jahr, Stunden und Minuten, während sie die entsprechenden Kreuze macht.

Gut, dass es so warm ist, so kann sie das helle Seidenkleid mit den dunkelblauen Tupfen tragen

– es ist nicht zu lang und nicht zu kurz, hat keine Ärmel und eine positive Ausstrahlung – dazu die hellen Sandaletten mit den hohen Absätzen.

Hell, hell, nicht schwarz, bloß nicht schwarz, was ist doch heute für ein schöner lauer Abend, und dabei ist es doch erst Juni, was für ein Glück!

Seit dem späten Vormittag konzentriert Sophia sich vollkommen darauf, Augenblick für Augenblick nur den Augenblick zu denken, diesen und den jeweils nächsten.

Nun merkt sie nicht, dass jemand sich dem Auto nähert, von vorne, jemand großer, der sein Gesicht zum Fenster der Beifahrertür herunterbeugt.

Er klopft leicht an die Scheibe.

Sophia fährt zusammen, dann strahlt sie und öffnet die Beifahrertür.

Hallo, Marcus!

Hallo, Sophia, wartest du schon lange?

Nein, gar nicht!

Marcus stellt seine schwarze Tasche hinter den Beifahrersitz und steigt ein.

Sophia legt ihren Sicherheitsgurt an und startet den Motor.

Wohin fahren wir eigentlich?

Überraschung, wie gesagt, sagt Sophia und sieht ihn an und lächelt.

Hinter dem Fahrersitz steht Sophias Handtasche, groß und rot, und eine Papiertragetasche, klein und rot, in der sich das Abschiedsgeschenk befindet, zusammen mit dem Abschiedsbrief.

Beim allmorgendlichen *Blick in die Sterne* empfing Sophia, kurz vor neun Uhr früh, eine Botschaft aus ihrem Badezimmerradio, in mittelmäßiger Tonqualität: *Heute läuft bei Ihnen nicht alles nach Plan, lassen Sie sich davon nicht auf die Palme bringen, Ihr Energiepegel liegt bei fünfzig Prozent.* Sophia fand das rätselhaft beunruhigend, war sie doch in freudiger Erwartung: Sie hatte Marcus einen Brief geschrieben und freute sich auf die Antwort. Eine Stunde später läutete das Telefon. Guten Morgen. Guten Morgen, hast du meinen Brief bekommen?, fragte Sophia, gespannt. Ja, hab ich, antwortete Marcus, und Sophia horchte auf, denn in der Stimme ihres Freundes lag etwas Entschiedenes, eine Entschlossenheit, die sie nie zuvor gehört hatte. Ich dachte, sagte Sophia eifrig und leichthin, ich schreib dir zur Abwechslung einen Brief statt einer Mail, weil Briefe haben nicht diesen Schleudersitz, mit dem sie sich selbst wegfliegen lassen, womöglich im falschen Moment … Ja, unterbrach Marcus sie, ich habe ihn bekommen, deinen Brief. Sophia schwieg; statt gespannt zu sein, war sie nun leicht angespannt, und Sätze aus dem Brief kamen ihr in den Sinn, keine Wortgebilde, nur Bildergebilde. Hast du ihn auch gelesen? Natürlich habe ich ihn gelesen, sprach Marcus weiter. Und? Und ich habe eine schlaflose Nacht hinter mir. Sophias Anspannung wuchs. Ich habe sehr intensiv über das nachgedacht, was du da geschrieben hast. Sophia schwieg immer noch. Ich hab's mir nicht leicht gemacht, wirklich nicht, das musst du mir glauben. Sophia wusste, was jetzt kommen würde. Ich bin zu einer Entscheidung gekommen. Sophia verspürte einen dumpfen, strahlend weißen Schmerz. Ich möchte mich von dir trennen.

Und wie war dein Tag?, fragt Sophia.

Sie konzentriert sich auf Marcus' Erzählungen aus dem Alltag in der Bibliothek; sie bedauert, pflichtet bei, stellt Fragen, entrüstet sich, merkt an, bewundert, wundert sich und macht von Zeit zu Zeit große Augen. Ganz allmählich taucht sie in Marcus' Welt ein, wird aufgesogen vom Anteilnehmen, vom Hier und Jetzt und fühlt sich beinahe wirklich glücklich.

Nach einer Weile hält Sophia das Auto an und parkt ein.

Aha, und was machen wir jetzt hier?

Magst du keine Überraschungen?

Doch – doch.

Während sie nebeneinanderher gehen, durch die schmalen Gassen der Innenstadt, hat Marcus die Hände am Rücken verschränkt, Sophia hält sich mit beiden Händen an ihrer roten Tasche fest, und der Abstand zwischen ihnen pendelt exakt zwischen zehn und zwanzig Zentimetern.

Als sie sich dem Stephansdom nähern, sagt Marcus: Auf dem Südturm war ich eigentlich noch nie.

Ich weiß, sagt Sophia.

Turmbesteigung neun bis 17 Uhr 30 – da wären wir jetzt auf jeden Fall viel zu spät.

Ja, sagt Sophia und klopft an die Holztür.

Als der Südturmwärter öffnet, ein alter Mann ohne Bart, sagt sie: Grüß Gott, und: Wir haben heute schon miteinander telefoniert.

Eigentlich dürfte ich Sie ja gar nicht rauf lassen, sagt der Südturmwärter, mustert sie, nimmt den Geldschein entgegen und sperrt hinter den beiden zu.

Um acht sind wir wieder da, sagt Sophia zum Südturmwärter, spätestens.

Marcus lässt Sophia den Vortritt.

Sie winden sich die Wendeltreppe empor, halten voneinander Abstand und ab und zu inne, um bei einem gotischen Ausguck zu verschnaufen; sie bestaunen die Aussicht, doch nur mit Blicken und Gesten, Worte wechseln sie nicht.

Nach dreihundertdreiundvierzig Stufen sind sie angekommen, außer Atem, in einem verwaisten turmrunden Souvenirladen mit fantastischer Aussicht.

Wenn man bedenkt, dass ich seit fünfundvierzig Jahren in Wien lebe, sagt Marcus.

Im Gegensatz zu mir, sagt Sophia, ich werde immer auf der Durchreise bleiben.

Sie lehnt sich in eine Mauernische, Marcus genau gegenüber.

Endlich, sagt sie, endlich ist das Gerüst weg, das jahrelang die Aussicht verstellt hat.

Sophia und Marcus schauen über Wien, eine halbe Ewigkeit lang, die höchstens zehn Minuten dauert.

Welches Märchen hast du dem Mann da unten eigentlich aufgetischt, dass er uns hier rauf lässt?

Die Wirklichkeit, sagt Sophia, die Wirklichkeit habe ich ihm aufgetischt, denn die übertrifft alles, was du je erfinden könntest.

Sophia macht ihre große rote Tasche auf.

Sag jetzt nicht, du hast Prosecco mitgebracht.

Sophia zieht nach der kleinen goldenen Dose auch noch zwei Gläser hervor und hält sie Marcus entgegen.

Marcus kann nicht aufhören den Kopf zu schütteln, ungläubig, dabei schließt er immer wieder die Augen; graugrün, schießt es Sophia durch den Kopf, während sie die Dose öffnet und den Prosecco auf die Gläser aufteilt, sie sind graugrün.

Auf unseren fünften Jahrestag, sagt sie, und Marcus nickt und schüttelt den Kopf und prostet ihr zu.

Aber heute ist doch unser fünfter Jahrestag, hatte Sophia am späten Vormittag zu ihm gesagt, am Telefon. Ja, da kann ich jetzt auch nichts dran ändern, war seine Antwort, es ist jetzt nun einmal so. Darauf folgten Erklärungen, warum und wieso ihm was klar geworden war, was genau ihn bewogen hatte, welcher Satz, welches Wort in diesem Brief, auf den sie so viel Sorgfalt verwendet hatte, Sorgfalt, ja, und: Liebe. Sophia war es zumute, als ob jemand in ihr die Luft anhielte, an ihrer Stelle, während sie selbst weiteratmete; das verursachte ein dehnendes Drücken, eine Abart von Schmerz oder von Angst, dumpf und hell zugleich, bislang unbekannt; und weil ihr das Gefühl so unbekannt war, konnte sie es nicht einordnen; sie nahm das drückend Dehnende weder als Schmerz noch als Angst wahr, sondern als neue Kategorie von Gefühl: Angstschmerz. Sie überraschte sich selbst, denn sie sagte, ja, wenn das so ist: Ich kann dich verstehen. Wirklich? Ja, wiederholte Sophia, ja. Bist du sicher?, fragte Marcus; als hätte er Widerspruch erwartet, Tränen vielleicht oder eisiges Schweigen oder Vorwürfe, jedenfalls etwas anderes als: Ja, ich kann dich verstehen, und wenn es dein Wunsch ist, dich von mir zu trennen, dann akzeptiere ich das. Noch mehr als Marcus über Sophia wunderte sich Sophia über Sophia. Wie oft hatten sie sich in den letzten fünf Jahren getrennt? Zwanzig Mal? Fünfundzwanzig? Längst hatte sie zu zählen aufgehört. War etwas anders? War ausgerechnet diesmal etwas anders? Nein, nichts war anders, nur die Entschiedenheit in Marcus' Stimme; Sophia konnte nicht anders als sie wahrnehmen, sie drang durch alle Poren in sie ein;

sie reagierte reflexartig. Keine Chance nachzudenken. Die Entschiedenheit ließ ihr keine Möglichkeit des Ausweichens, da war kein Spielraum mehr für Tränen, Widerspruch oder Vorwurf, nicht einmal für Schweigen. Gut, sagte sie, wir trennen uns also. Aber heute Abend gehen wir trotzdem essen, nicht wahr, so wie wir's ausgemacht haben? Das halte ich für keine gute Idee. Wieso ist das keine gute Idee? Weil es nichts bringt. Aber ich habe mich doch schon so darauf gefreut. In ihrem Tonfall schwang eine Bitte mit. Zögern, ziemlich langes Zögern auf seiner Seite. Und es ist dann nicht so wie immer. Nein, natürlich ist es nicht so wie immer. Zögern, diesmal etwas kürzer. Und wo gehen wir hin? Ich denk mir was aus, sagte Sophia, und ich hol dich um halb acht von der Arbeit ab, ist das für dich o.k.? Ist o.k. für mich, bis heute Abend dann. Bis dann, sagte Sophia und legte auf und ging ins Badezimmer, um eine dicke, cremige Antifaltenschönheitsmaske aufzulegen. Du wirst, sagte Sophia wenig später zu dem weiß maskierten Spiegelgesicht, du wirst diese Beziehung mit Anstand und Würde beenden, du wirst diesen letzten Abend genießen, du wirst strahlen, du wirst glücklich sein, du wirst nicht weinen.

Du wirst das doch nicht einfach mitgehen lassen!, sagt Marcus zu Sophia, die in der Südturmstube auf dem Verkaufspult nach einer Glaskugel greift, in der ein winziger goldener Stephansdom beschneit wird, sobald man die Kugel schüttelt. Sophia packt die Glaskugel in ihre rote Tasche, zusammen mit den unzerbrechlichen Proseccogläsern und der geleerten Dose.

Unten zeigt sie die Kugel dem alten Südturmwärter, der ihr zunickt und zuzwinkert.

Oder was glaubst du, warum ich dem Mann vorhin den Geldschein gegeben habe.

Während sie zum Auto zurückgehen, bleiben Marcus' Hände am Rücken verschränkt, Sophia sieht geradeaus, hält sich mit beiden Händen an ihrer roten Tasche fest und spürt, wie sich ihr getupftes Seidenkleid an ihren Körper schmiegt, und hört, wie es raschelt, bei jedem Schritt.

Plötzlich berührt Marcus' rechter Oberarm Sophias linken.

Verzeihung!

Der Abstand pendelt sich wieder auf zehn bis zwanzig Zentimeter ein.

Jetzt bin ich aber echt neugierig, wo du mich da hinführst, sagt Marcus, nachdem sie das Auto bestiegen haben und Sophia losfährt.

In einer nicht sehr noblen Gegend verlangsamt sie das Tempo, blinkt rechts und hält an, um rückwärts einzuparken.

Obwohl die Parklücke klein ist, gelingt das Einparken ihr auf Anhieb. Sie konzentriert sich auf Stolzsein.

Schwungvoll öffnet sie Marcus die Autotür.

Was? McDonald's?

Ja, sagt Sophia feierlich, wir reden doch seit Jahren davon, und ich dachte, weil wir doch seit Jahren davon reden und es nie geschafft haben – heute ist die letzte Gelegenheit.

Das dehnend drückende, schmerzähnliche Gefühl, das bei *die letzte Gelegenheit* aufzukeimen droht, strahlt sie einfach weg.

Die Fastfood-Filiale ist nur wenige Schritte entfernt.

Sie gehen geradewegs auf den Eingang zu.

Während die Schönheitsmaske in ihrem Gesicht trocknete, weiß und cremig, rief Sophia die beiden Kunden an, mit denen sie am Nachmittag Termine vereinbart hatte. Der eine Kunde hatte Verständnis und Zeit, der andere konnte nicht warten und stornierte seinen Auftrag. Sophia öffnete die Tür, die von ihrem Schlafzimmer auf die Terrasse führte, legte sich aufs Bett und konzentrierte sich auf: Freuen. Über die heiße Frühsommerluft, die über ihren Körper strich, über das Sonnenlicht, über das sprießende Grün in den riesigen Terracottatöpfen. Zugleich schwebte ihre Aufmerksamkeit über: Abschied. Sich verabschieden, nicht vergessen, nicht vergessen werden, etwas zurücklassen, eine Spur hinterlassen, im Leben eines anderen, in seiner Seele. Sie stand auf und wusch die Schönheitsmaske von ihrem Gesicht, mit lauwarmem Wasser, und tupfte die letzten Reste mit einem Kosmetiktuch ab. Sie hielt ihr Gesicht ganz nahe an den Spiegel. Tatsächlich! Die Faltentiefe in ihrem dreiundvierzigjährigen Gesicht war sofort sichtbar reduziert, so wie es auf der Packung stand. Höchstens zweiundvierzigeinhalb, sagte sie zu ihrem Spiegelgesicht und schnitt eine Grimasse und applizierte zwei weiße Augenpads zur Bekämpfung der Ringe unter ihren Augen. Das neuartige drückend dehnende Gefühl wollte ihren Körper nicht verlassen, keine Sekunde lang; auch nicht, als sie später auf der Terrasse saß und mit farblos glänzendem Lack die Nägel ihrer Hände und Füße bestrich, konzentriert und sorgfältig, als hinge ihr Leben davon ab; erst die Nägel der Zehen des linken Fußes, eins, zwei, drei, vier, fünf, dann die des rechten, eins, zwei, drei, vier, fünf, dann kamen die Finger der linken Hand an die Reihe, eins, zwei, drei, vier, fünf, dann die der rechten, eins, zwei, drei, vier fünf. Sophia konzentrierte sich so heftig und so sorgfältig, dass es weh tat. Zwischen und über und neben den Fingern und Zehen schwebte ihre Aufmerksamkeit stetig über: Abschied. Splitter von Gedanken fielen in ihrem Kopf zahllos durcheinander, sammelten sich, verdichteten sich und ordneten sich nach und nach zu einem Abschiedsbild. Sie stand auf, setzte sich an ihren Computer im Wohnzimmer, das zugleich ihr

Arbeitszimmer war. Sie vertiefte sich in die Verwirklichung des Bildes und rückte den Angstschmerz in den Hintergrund, bis sie ihn kaum mehr spürte. An seine Stelle trat nun Geschäftigkeit. Sophia erinnerte sich an den goldenen Dosen-Prosecco, den sie von ihrer Freundin Sabine bekommen hatte, und an die Plastikgläser, die für ein Picknick bestimmt waren, das niemals stattgefunden hatte, und an den Turm, den sie oft und oft bestiegen hatte, immer allein. Sie suchte eine Nummer im elektronischen Telefonbuch und machte einen Anruf. Sie surfte im Internet, stieß auf etwas, druckte, scannte, schnipselte, klebte, bastelte, bis der Gutschein fertig war. Sie machte virtuelle Rundgänge durch siebzehn Wiener Lokale; das achtzehnte erst gefiel ihr, und sie reservierte per E-Mail einen Tisch.

Unmittelbar vor dem Fastfood-Restaurant schlägt Sophia einen Haken.

Du hast doch nicht im Ernst gedacht, wir verbringen unseren letzten Abend bei McDonald's.

Dir trau ich alles zu, sagt Marcus und schüttelt den Kopf, seufzt, erleichtert, belustigt.

Am Tor, das in einen Innenhof führt, lehnt eine unscheinbare schwarze Tafel, auf der mit weißer Kreide geschrieben steht: Eingang im dritten Hof links.

Es ist noch immer hell und warm.

Sie betreten das Lokal, ein uraltes Gewölbe, durchqueren es, bis sie in einem Innenhof stehen.

Schön, sagt Marcus und sieht sich um, wunderschön.

Nicht wahr, sagt Sophia, und sie nehmen an dem elegant gedeckten Tisch Platz, zu dem sie die hübsche, dunkelhäutige Kellnerin führt.

Marcus wirkt entspannt.

Sophia strahlt und ist glücklich.

Die Kellnerin bringt die Speisekarten.

Marcus bestellt das leichte Sommermenü.

Sophia auch.

Die Wände des Hofes sind efeubewachsen, zwischen den Tischen stehen Oleander in hölzernen Trögen, außer ihnen sind keine Gäste da, die Kellnerin bringt zwei Gläser Welschriesling.

Auf den heutigen Abend, sagt Sophia, und Marcus nickt.

Rindfleischsülzchen mit Apfel-Mango-Creme.

Sophia und Marcus reden über ein neues Buch.

Karottenschaumsuppe mit Fischeinlage.

Sie machen sich gemeinsam über Marcus' Chefbibliothekar lustig.

Sophia beugt sich vor.

Saiblingfilet mit schwarzem Berglinsenpüree und Sommersalat.

Sophia erzählt von einem französischen Cineasten-Film, den sie kürzlich gesehen hat, und versucht, das typischen Cineasten-Gesicht zu machen.

Marcus lacht lauthals.

Zitronensorbet.

Marcus sagt, ich hab dir etwas mitgebracht, und zieht eine kleine bunte Schachtel aus seiner Tasche, Sophias Lieblingspralinen.

Ich, sagt Sophia, hab auch etwas für dich, aber das bekommst du erst später.

Noch zwei Gläser von dem fruchtigen Welschriesling.

Keine Spur von Angstschmerz.

Marcus und Sophia reden und scherzen über Unwichtigkeiten und Nichtigkeiten.

Schokomousse.

Erst nachdem Sophia den Gutschein gebastelt, den Tisch reserviert und den Südturmwärter zum längeren Bleiben überredet hatte, als das Kleid ausgewählt und zurechtgelegt war, tat sie, was sich nun nicht mehr aufschieben ließ, sie schrieb den Brief.

Heute ist also einer dieser Jahrestage, die wir nie beachtet, geschweige denn gefeiert haben. Seltsam, dass ausgerechnet diesmal die Erinnerung an unsere erste Begegnung in mir so gegenwärtig ist und das Bedürfnis, sie zu feiern, so groß. Ich habe diese Erinnerungstage immer weggeschoben. Ich wollte nichts verschreien, wenn es gut lief, und wenn es schlecht lief, wollte ich erst gar nicht daran denken. Erinnerst du dich an unser Gespräch vor einigen Wochen, das Weißt-du-noch-damals-Gespräch? So ein Gespräch hatten wir seit Jahren nicht gehabt. Vielleicht war es für dich belanglos. Für mich jedoch war es ein Zeichen, dass ich die Jahre mit dir endlich annehmen kann, so, wie sie waren.

Es klingt einfach, es war ein langer Weg.

In dir habe ich gefunden, was ich immer gesucht hatte: das gerade ausreichend Andersartige. Wo wäre ich heute ohne die kaum erträgliche, schmerzhaft schöne Auseinandersetzung mit deinem Anderssein? Es hat uns beide an die Grenzen unserer Möglichkeiten gebracht und darüber hinaus. Ich habe meine Grenzen überschritten und auch deine. Du hast deine überschritten und auch meine. Du warst manchmal außer dir, ich war, zu anderen Zeiten, außer mir, zu wieder anderen Zeiten waren wir beide außer uns. Das hätten wir uns ersparen können, denkst du vielleicht, und ich habe das auch oft gedacht. Heute sehe ich es anders, endlich kann ich auch das schmerzhaft Schreckliche als Teil eines sinnvollen Ganzen spüren.

Nun habe ich über ein Geschenk nachgedacht, ein letztes Geschenk für dich. Was hätte ich selber gern zum Abschied, dachte ich. Ich? Ich habe mein Geschenk schon bekommen. Es ist eine große Schachtel, bis oben angefüllt mit Mit-dir-Sein. Wie immer es war – es ist ein Teil von mir geworden, und niemand kann es mir jemals nehmen. Ich werde eine große rote Schleife um die Schachtel binden und sie sorgfältig aufbewahren.

Anbei findest du etwas, von dem ich glaube, dass du es gerne hättest. Es ist nicht zu fern, nicht zu nah und nicht zu lang. Weil du doch immer Sehnsucht nach Ferne hast, die dir dann doch zu weit weg ist und dich zu viel Zeit kostet. Du kannst dort vieles sehen und sehr schön wandern und dabei in einen langen ruhigen Fluss schauen.

Es war schon ziemlich spät, als der Drucker endlich den Brief aus seinen Eingeweiden quetschte. Sophia musste sich beeilen. Lieber Marcus, fügte sie noch handschriftlich hinzu und: Viel Glück, deine Sophia. Sie steckte den Bogen in ein kleines Kuvert und das kleine in ein größeres, zusammen mit dem Reisegutschein für eine Person. Sie tuschte sich die Wimpern und umrahmte die Augen mit einem schwarzen Eyeliner, als könnte sie damit sicherstellen, dass sie nicht weinen würde; dann trug sie Lippenstift auf; das tat sie nur, wenn sie sicher sein konnte, nicht geküsst zu werden. Das Küssen, dachte sie, das Küssen werde ich am meisten vermissen, und starrte auf ihr frisch geschminktes Spiegelbild, minutenlang.

Noch immer ist es warm, doch nicht mehr hell.

Längst brennt Kerzenlicht.

Sophia ersucht um die Rechnung, Marcus protestiert, Sophia zahlt.

Soll ich dich noch nach Hause bringen?, fragt sie.

Ja –

Als sie im Auto fahren, die Ringstraße entlang, taucht der andere Turm auf, der mit den auf- und abfahrenden Blinklichtern, grün und rot, der das Wetter anzeigt, auf eine Weise, über die sie immer gerätselt haben, jedes Mal, an genau dieser Stelle.

Da überfällt Sophia hinterrücks das Niemehrwieder, und fast steigen Tränen in ihr hoch, und so sagt sie, war doch ein schöner Abend, und wendet rasch den Kopf nach rechts und strahlt.

Sie nähern sich der Straße, in der Marcus wohnt.

Um das unausweichliche Ende der Straße hinauszuzögern, hält Sophia sich exakt an die Geschwindigkeitsbegrenzung, dreißig Stundenkilometer; und um ihre Tränen am Aufsteigen zu hindern, rechnet sie aus, wie oft sie diese Straße wohl schon gefahren ist, in den letzten fünf Jahren.

Die Ampel steht auf Grün.

Sophia biegt nach rechts in die Straße ein und hält kurz darauf vor dem Haus, in dem Marcus seine Wohnung hat, ganz oben, im letzten Stockwerk.

Gleich hast du es geschafft. Sophia fühlt es mehr als dass sie es denkt, während der drückend dehnende Angstschmerz sich langsam in ihr breit macht. Und mit einem Mal kann sie das unbekannte Gefühl benennen, altmodisch und unzeitgemäß. Schwer ums Herz, heißt das Gefühl, mir ist so schwer ums Herz.

Sophia greift hinter ihren Sitz, nach der kleinen roten Papiertragetasche.

Das ist für dich, sagt sie und lächelt und beugt sich nach rechts, um Marcus auf beide Wangen zu küssen.

Für mich?

Das Küssen, denkt Sophia, das Küssen wird mir am meisten fehlen.

Du kommst doch noch mit rauf, sagt Marcus und hat so einen Blick; so einen Blick, der alles, aber auch alles, was unvereinbar ist, in sich vereint, Bedauern, Trotz, Treuherzigkeit, Erleichterung: *Es tut mir leid ich bin nicht schuld sei wieder gut mach mir's nicht schwer.*

Aber, sagt Sophia.

Marcus beugt sich nach links und küsst sie, auf den Mund.

War dir nicht längst klar, dass das nichts wird, mit unserer Trennung?, fragt Marcus.

Nein, ich, wann hast du –

– als ich mich zu dir ins Auto gesetzt habe und du Hallo Marcus gesagt hast.

Also ich –

Gehen wir?